Johann Adam Weiß

Von Helm, der Freigeist ein Heuchler

Ein Trauerspiel in 5 Aufz., Mannheim 1779

Johann Adam Weiß

Von Helm, der Freigeist ein Heuchler
Ein Trauerspiel in 5 Aufz., Mannheim 1779

ISBN/EAN: 9783743441569

Hergestellt in Europa, USA, Kanada, Australien, Japan

Cover: Foto ©Andreas Hilbeck / pixelio.de

Weitere Bücher finden Sie auf **www.hansebooks.com**

Von Helm,

Der Freygeist ein Heuchler.

Ein Trauerspiel in fünf Aufzügen.

Von

Johann Adam Weiß,

Dem Verfasser von Rose, die Nonne wider ihren Willen.

Mannheim, 1770.

Doch, indem ich von Kunstrichtern rede, denk ich an Männer von feinem Geschmack und reifem Urtheil; an Richter, welche zu billig sind, von einer freywillig hervorgekommenen Frucht der bloßen Natur und von einer durch die Kunst erzogenen, mühsam gepflegten Frucht, einerley Vollkommenheit zu fodern.

Wieland in der Zueignungsschrift der Geschichte der Fräulein von Sternheim.

Personen.

Herr von Palmheim.
Sophie, deſſen Gemahlin.
Frau von Palmheim, des erſtern Mutter.
Charlotte von Palmheim, ihre Tochter.
von Kronwill, Charlottens Geliebter, und Palmheims Freund.
von Helm.
Johann, Palmheims Bedienter.
Einige Soldaten von der Wache.

> Die Handlung geht in einem Gaſthof vor, fängt frühe Morgens an, und endiget ſich gegen Abend.

Erster Aufzug.

Erster Auftritt.

Kronwill, Palmheim, Johann.

Kronwill.

Also weiß ihre Frau Mutter nichts von ihrer Reise?

Palmheim.

Nichts.

Kronwill.

Nichts von ihrem Vorhaben?

Palmheim.

Nichts.

Kronwill.

Also auch nicht, daß ich ihr Begleiter bin? — Palmheim! Sie werden mir bey ihrer Frau Mutter unendlichen Verdruß machen, und wissen doch, wie unentbehrlich mir ihre Freundschaft wegen ihrer Schwester ist. Wie leicht kan sie argwohnen, daß ich aus Eigennutz ihr übertriebenes Vorhaben befördere. Warlich, wann sie mich vor unserer Ankunft, nur das Mindeste von ihrem Entschluß hätten merken lassen, so würde mich nichts hieher gebracht haben, so ungern ich ihnen sonst etwas abschlage. Ja meine Weigerung wäre nicht einmal Mangel der Freundschaft gewesen. Sie selbst geben mir gewiß noch Recht, wann sie ihr hastiger Schritt reuet, und diese Reue kan unmöglich aussenbleiben.

Palmheim.

Sind diß nicht Grillen! Gesetzt, meine Mutter wüßt' in diesem Augenblick alles, gesetzt, sie erfährt es spdther — Bin ich dann nicht einmal, wie das andere, mein eigener Herr? Kan ich nicht in jedem Fall mein Betragen rechtfertigen? — Sie, meinen künftigen Schwager, nahm ich bloß in der Absicht mit hieher, um noch vor meinem Eintritt ins Kloster einige, meine Güter betreffende Aufsätze, zu entwerfen, und ihnen einzuhändigen. Hierzu brauch ich ihren Rath, und zum Theil ihre Einwilligung. Sobald meine letzte Unterredung mit dem Prior vorbey ist, muß diß geschehen, dann nach meinem Eintritt ins Kloster will ich keinen Blick mehr in die Welt thun. Mein Schritt ist nicht voreilig. Seit den vier letzten un-
glück-

glückseligen Wochen, seh' ich seine stille Mauern, als die einige Freystatt meines Jammers an.

Kronwill.

Ach lassen sie doch diesen schwermüthigen Vorsatz fahren! Wann ihre, nun durch Sturm empörte Seele, durch Zeit und Vernunft nur etwas stiller wird, so wird gewiß der sanfte Umgang mit wahren Freunden ihr Herz mit Trost erfüllen, wahre Ergebung in den guten Willen der besten Vorsehung wirken, ihre Ruhe wieder herstellen. Lieber Palmheim! Sie sind Mann, können unmöglich dem Phantom einer unwandelbaren Glückseligkeit in dieser Welt, im Ernste nachjagen. Aber sie kennen Religion und Vernunft, können sich durch diese, den Druck, der eisernen Hand des Schicksals erleichtern, können —

Palmheim.

(Fällt ihm hastig in die Rede) Sagen sie mir nichts mehr von einem fernern Umgang mit Menschen. Neid und Eifersucht würden mich zum Verbrecher unter ihnen machen. Andere sind glücklich — ich kans nicht mehr seyn. Eine jede vergnügte Mine meiner Mitbürger sagt mir: So seelig warst auch du vor dem unersetzlichen Verlust deiner Sophie — Vergiftet meine ewig blutende Wunden, und tödtet mich doch nicht ganz. So wirkt der beste Trost meiner liebsten Freunde auf mich. Selbst sie, theurer Kronwill! verzeihen sie mir! Selbst sie, fielen mir oft mit ihrem herrlichen Zuspruch beschwerlich. Ewiges Trauren macht meine Seele gegen alles unempfindlich, was nicht mit mir über meine beste himmlische Gemahlin klagt — meinen Jammer vergrößert.

Kronwill.

Sie sprechen und klagen ja wie ein Mann — ohne alle Grundsätze.

Palmheim.

Grundsätze — die wirken viel auf einen hoffnungslosen Leidenden, den sein Schmerz hinreißt, unempfindlich, zum Menschenhasser macht. Alle die um mich sind, würd' ich mit meiner tödlich steigenden Schwermuth anstecken. Nein mein Lieber! von der Pest ergriffene gehören nicht mehr in die menschliche Gesellschaft. In ein düsteres Gewölbe muß ich mich verschliessen, dort, beym schwachen Schimmer einer sterbenden Lampe mir schwarze Bilder der Schwermuth schaffen, sie aus den grauenvollen Mienen meiner Brüder sammeln, ein noch fürchterlichers Ganze daraus bilden — Ihr memento mori wird meinem Ohr Engelsmusik seyn, jede meiner Fibern wird dabey harmonisch beben — und diß wird, wann ich anderst noch eines Glücks fähig bin, mir Wonne seyn.

Kronwill.

Liebster! Sie schwärmen, und werden ein Märtyrer ihrer Schwärmerey. Anstatt, daß sie den Stachel ihrer Leiden stumpf machen, ihm eine eherne Brust ent=

entgegen setzen sollten, geben sie sich alle erdenkliche Mühe ihn zu schärfen, tiefer in die Wunde zu stoßen. Was soll man vom schwächern Geschlecht erwarten, wann Männer feige genug sind, bey unveränderlichen Unglücksfällen zu verzweifeln?

Palmheim.

Meine Leiden drucken mich nieder — Kan sich der Sterbende noch wehren?

Kronwill.

Aber doch unter der Last wegfriechen, und theilnehmende Freunde, die sie ihm abnehmen wollen — tragen helfen, nicht von sich stoßen. Angenehme Reisen, aufmunternde Gesellschaften, ernsthafte Betrachtungen, ihre reitz Landgüter, zärtliche Freunde, redliche Verwandte — Alles diß bietet ihnen ihre Lage an, ihren Schmerz wenigstens zu lindern.

Palmheim.

Und diß alles zusammen genommen, ist gegen der himmelvollen Seeligkeit, die mich in Sophiens Armen beglückte, unendlich weniger, als ein Sandkorn gegen die Erde. Sie mein Alles, ist nicht mehr — und ich sollte seyn — Sie, in deren Besitz mir mein Leben, wie ein sanfter Bach zwischen Blumen, hinfloß, die nur einen Willen mit mir hatte, der zweyte Leib meiner Seele war. Sie verschlangen, verzehrten wüthende Flammen an meiner Seite — Gott! warum haben sie nicht mich, statt ihrer in Asche verwandelt, oder mich

mich wenigstens mit ihr getödtet; so wären doch unsere Seelen ewig vereinigt. Aber nein! ich soll von der Folter tausend sterbender Sünder gequälet werden, langsam verdorren — O möchten sie nur einen Augenblick den Schmerzen fühlen, der wie ein tobendes Feuer durch alle meine Nerven wüthet —

Kronwill.

Glauben sie mir, Theurester! Ich fühle die ganze Stärke ihres gerechten Jammers. Aber, wann es auch möglich wäre, daß mich ein noch härteres Schicksal träfe, so würd' ich dannoch den Schmerz nicht zur Verzweiflung aufsteigen lassen. Mit männlichem Muth würd' ich mich der weisen Vorsehung unterwerfen, klagen, aber nicht murren, mich nicht gegen den Himmel empören, der immer das Unglück nach unsern Kräften abwiegt, wann wir nur nicht zu träge sind, sie anzuwenden.

Palmheim.

Sagen sie dem vom Donner Gelähmten, daß er seine Kräfte zum Gehen anwenden soll! Und mich trift täglich der furchtbare Schlag aufs neue, mit voller Stärke. Die Summe verschwundener Freuden (Gott! sie war groß, sehr groß!) drängt sich unaufhaltbar vor meine Seele, ihr Licht erleuchtet, fürchterlich, gleich dem nächtlichen Bliz, den Abgrund, in den ich stürzte, macht mir seine unendliche Tiefe sichtbar — Die Luft, die meine Sophie berührte, der Schatten, unter wel-

chem

chem sie mit mir ruhete, alle Schönheiten der Natur, die ich an ihrem Arm tausendfach empfand, wecken alle meine Gefühle stürmend auf, mich es millionenfach empfinden zu lassen, daß ich sie verlohren habe. — O Freund! lassen sie mich fliehen, mich auf ewig vor der Welt verbergen!

Kronwill.

Mein Lieber! Diß muß nicht seyn. Schenken sie sich ihrer Mutter, Schwester und Freunden wieder. Mitleidige Thränen werden sich mit den ihrigen vermischen. Dieser Trost ist zwar in ihren Augen eine Kleinigkeit. Aber rettet dann nicht oft ein schwaches Reiß den halbsinkenden Schiffbrüchigen? Niemand wird Gleichgültigkeit, stoische Fühllosigkeit, trockene Augen und heitere Mienen von ihnen fodern. Das menschliche Herz ist zum Bluten, aber nicht zum tödtlichen Verbluten geschaffen. Und wann sich tausendmal die Wege der Vorsehung vor ihrem Aug in Mitternacht verliehren, so müssen sie doch bereits aus eigener Erfahrung wissen, daß diese nicht ewig dauert, daß auf eine entzückende Morgenröthe, die heitersten Tage zu folgen pflegen.

Palmheim.

Lieber Kronwill! Mein Gefühl ist zu empfindlich. Es überfällt mich unwiederstehlich, überspannt sich wider meinen Willen.

Kronwill.

Diß wird es noch weit stärker in der Einsamkeit thun. Berauben sie sich nicht des vorzüglichsten Mittels es zu schwächen, der Gelegenheit, ihren Kummer in den Schoos ihrer Freunde auszuschütten, sonst wird er desto tiefer in die Seele schneiden.

Johann (kommt.)

Eben steigt Herr von Helm unten ab.

Palmheim.

Gerade zur Unzeit. Kronwill! bleiben sie hier und unterhalten sie ihn. Mir ists bey meiner wirklichen Lage unmöglich.

Kronwill.

Ja, ich will ihn erwarten.

Palmheim.

Sagen sie ihm; ich sey ausgegangen. (zum Bedienten) Du sagst das nemliche, wann er nach mir fragt. Ich will indessen mein Vorhaben noch einmal überlegen.

Zweyter Auftritt.

Kronwill allein.

Der unglückliche Mann! Sein empfindsames Herz verbindet sich mit seiner verirrten zügellosen Phantasie, und beede zeigen ihm auf einmal, alle ehemals genossene Freuden, dann verliehrt er sich im Entzücken, sieht siehet seine Gemahlin, hascht das Schattenbild, unterredet sich Stundenlang mit ihr — erwacht schrecklich aus seiner Täuschung, und fühlt das doppelte Gewicht seines Jammers — Fast sollte man in dieser Lage, gefühllose Klötze beneiden.

Dritter Auftritt.

von Helm. Kronwill.

von Helm.

Welch ein unerwartetes Vergnügen für mich, daß ich sie und Palmheim hier antreffe! Ich hatte diesen Morgen ein kleines Geschäft in der Stadt, und wollte eben wieder auf mein Landgut zurück, als ich an der Kutsche Palmheims Wappen erkannte.

Kronwill.

Vielleicht kommt er bald zurück, wann sie sich so lange aufhalten. Er ist vor wenigen Minuten ausgegangen.

von Helm.

Wann ich solche Gesellschaft, wie die ihrige finde, so eile ich nicht sehr. Sonst pfleg' ich mich freylich nie lange hier aufzuhalten, ja es können vierzehn und mehr Tage verstreichen, eh' ich mich unter die rauschenden Ergötzungen der Stadt wage, die mir je länger je mehr mißfallen.

Kronwill.

Sie denken sehr philosophisch.

von Helm.

Man wird ja täglich älter, die Jugend Hitze verfliegt, und mit ihr die Freude an nichtsbedeutende Kleinigkeiten. Ich ziehe ein dauerhaftes Vergnügen vor. Einige gute Freunde, moralische Unterhaltungen, ein gutes Buch, oder stille Betrachtungen der herrlichen Natur sind nun mein angenehmster Zeitvertreib.

Kronwill.

Ich lobe ihren guten Geschmack, der sonst in ihren Jahren so selten ist.

von Helm.

Den letzten edlen Warnungen, meines guten sterbenden Vaters, gegen die leicht ansteckende Laster der Stadt, hab' ich ihn größtentheils zu danken. Bleib ein Freund der Tugend! diß waren seine letzten Worte, und sie drangen wie ein Blitz in meine Seele, werden mir ewig unvergeßlich bleiben.

Kronwill.

Ja ich weiß, wie viel die Tugend bey dem Tod ihres würdigen Herrn Vaters verlohr. Andere Grundsätze konnt er ihnen unmöglich einflößen, und wie glücklich müssen sie seyn, wann sie ihnen getreu bleiben — Diese sind Palmheims einige Stütze, hätt er Tugend und Religion nicht, so wärs längst um ihn geschehen.

von

von Helm.

Der Bejammernswürdige! Sein Unglück rührte mich in der Seele — Aber war dann gar keine Rettung mehr möglich?

Kronwill.

Nein. Palmheim war, wie sie wissen, kurz vorhin krank. Sophiens unvergleichbare Zärtlichkeit ließ sie einige Nächte nicht von dem Bett ihres Gemahls weichen. Sie wacht' ihm selbst, und härmte sich ins geheim so dabey ab, daß auch ihre Gesundheit Gefahr dabey lief. Auf Palmheims dringendes Bitten, begab sie sich endlich in den andern Flügel des Schlosses zur Ruhe, wo sie eine Nacht um die andere schlief. Er erholte sich, und Sophie wollte, ihm desto mehr Ruhe zu lassen, noch einige Nächte ausser seinem Zimmer schlafen, diß war ihr Untergang. Früh um zwey Uhr bemerkte ein alter Bedienter, daß der Flügel, wo Sophie schlief, in Flammen stund. Zum Unglück war die alte Frau von Palmheim mit Charlotten und den übrigen Bedienten in die Stadt gefahren, und also in dieser Schreckensnacht niemand, als Palmheim, seine Gemahlinn und Johann im Schloß. Man flog zu Hülfe, allein Sophiens Zimmer stund schon in hellen Flammen. Kein Mensch konnt' ihr mehr nahe kommen, und das Feuer war wahrscheinlicherweise in ihrem Zimmer ausgebrochen, da sie fast alle Nächte noch im Bette zu lesen pflegte. Ein günstiger Wind

Wind und die herbey eilende Nachbarn retteten zwar den Rest vom Schloß, aber Sophie war hin, man konnte keine Spuren von ihr entdecken.

von Helm.

Gott! welch ein fürchterlicher Vorfall! Mein Blut starrt in den Adern, wann ich mir den jämmerlichen Tod dieser Rechtschaffenen, dieses ausgezeichneten Musters edler Gattinnen gedenke. Tausendfach verdienet sie alle Thränen, die ihr, ihr trostloser Gemahl nachweinet. Ich bin eben deswegen abgestiegen, um ihm mein wahres Beyleid zu bezeugen, da ich seit dem nicht auf sein Gut kam, oder sonst Gelegenheit gehabt hätte.

Kronwill.

Wann sie ihn lieben, so sprechen sie gar nichts davon. Eine jede Erinnerung erneuert seinen Schmerz — bringt ihn ausser sich — Ernsthafte Unterhaltungen sind würklich das Beste zu Wiederherstellung seiner Ruhe. Ich rieth ihm: Wiedmen sie sich ganz dem vertrauten Umgang weiser Religions= und Tugend= Freunde: Ihre vernünftigen und ernsthaften Unterhaltungen werden ihnen ihren Verlust, wo nicht vergessen, doch standhaft ertragen lehren.

von Helm.

Und diesem herrlichen Rath wird Palmheim ohne Zweifel folgen, da er sie, den Freund seines Herzens, so genau kennet. —

Kron=

Kronwill.

Wie sehnlich wünscht' ich diß! Er ist einer von der ersten Gattung der guten Menschen, den man nie zu viel lieben kann.

(Der Wirth bringt Chocolade und geht gleich wieder ab.)

von Helm.

Das ist er — Wollen Sie nicht mit mir frühstücken?

Kornwill.

Ich habe schon mit Palmheim getrunken.

von Helm (trinkt und sagt dabey)

Der arme Palmheim! Sein fürchterliches Schicksal raubt mir fast alle Gedanken, könnt' ich ihm doch ein Theil seiner Leiden abnehmen! Gern wollt' ich die Helfte meiner ruhigen Tage dafür geben.

Kronwill.

Ihr Mitleid macht ihrem Charakter Ehre. Möcht' es nur einen lindernden Einfluß auf die leidende Seele unsers lieben Freundes haben. Aber dazu hab' ich leider wenig Hofnung.

von Helm.

Es hält freylich hart, einen so gefühlvollen Mann zu beruhigen, der alles, was den Kaltblütigen kaum rühren würde, doppelt stark empfindet, und seinem verschwundenen Glück mit unendlich größerer Wehmuth nachjammert. Inzwischen legt sich doch auch der wildeste Sturm wieder, wann er ausgetobet hat.

Kron-

Kronwill.

Ach ich besorg, er wird ihn mit sich fortreissen! Noch immer wüthet sein Schmerz mit der ersten Heftigkeit.

von Helm.

Aber seine moralische, noch mehr seine wahrhaftig christliche Grundsätze können ihn unmöglich sinken lassen. Diesen hängt er ja mit einem beynahe enthusiastischen Feuer an. Er würde lieber selbst nackend gehen, als einen Bettler in seiner Blöse sehen. Lieber hätt' er sein ganzes Vermögen verlohren, lieber seine theureste Sophie in Noth gesetzt, als eine einige ungerechte Handlung begangen. Er wird also auch eher sein Leiden der Religion aufopfern, als diese durch unmäßiges Trauren schänden.

Kronwill.

Aber gerade dieser Enthusiasmus führt uns oft auf irrige Entschlüsse. Oft glauben wir der Religion ein angenehmes Opfer zu bringen, und sie muß es verabscheuen, da es uns an der Ausübung anderer, weit heiligerer Pflichten hindert.

von Helm.

Ich verstehe sie nicht ganz.

Kronwill.

Und ich wünsche nichts feuriger, als daß sich ihnen diß Räzel nie von selbst aufklären möge, dann will ichs ihnen desto freudiger entwickeln — Nun muß ich sie verlassen, Palmheims Lage ruft mich. (geht ab.)

Drit=

Vierter Auftritt.

von Helm allein.

Diesem will ich nicht weiter nachgrübeln. Hab ich ihn doch schon gefangen, und so viel von ihm heraus gelocket, als ich zu meinen Absichten brauche. Ists nicht deutlich genug: Wiedmen sie sich ganz dem vertrauten Umgang weiser Religions = und Tugendfreunde! — verdeutschet: Geh ins Kloster, und laß mir deine fette Güter mit deiner Schwester! — Nur gemach, wohlweiser Kronwill! Laß doch dem armen Helm auch etwas davon zukommen, wann er dir nicht gar alles wegschnappet. Wehe dem Witz! Wann ihr elende Kerls mit euren Träumen von Tugend und Religion ihn besiegen könntet. Aergerlich genug! daß man sich zuweilen in die Larve dieser hirnlosen Dummköpfe verstecken muß, um ungestört seinen Zweck zu erreichen. Doch es verlohnt sich noch der Mühe, die herrlichste Erfüllung aller unserer Wünsche versüsset auch diß. Wer diese Maske klug zu gebrauchen weiß, kan ohne Furcht sengen, rauben, morden, und dann ein großer Mann werden. Aber Witz — Witz gehört vor allen Dingen dazu. Dieser muß das alberne Getändel, die kindische Aengstlichkeiten vom Gewissen, und wie alle die schöne Dings heissen, diese Erziehungsgespenster aus dem Kopfe lachen, und dann kan man erst das große Ziel erreichen,

chen, das ich mir vorgeseßet habe. Palmheim ist ein wahrer Ritter von der traurigen Gestalt, folglich Thor genug eine Kutte anzuziehen, in ein finsteres Gewölbe zu kriechen, und sich zu tode zu winseln. Seine Mutter hab ich durch meine schnelle Nachricht von seinem Vorhaben auf meine Seite gebracht. Kronwilln hält sie für einen eigennüßigen Verräther, dem es nur um ihres Sohns Güter zu thun ist, Sophie glaubt jedermann tod, und für die zärtliche Dulcinee will ich, wanns nöthig ist, Windmühlen und Riesen besiegen.

(Johann taumelt mit einer großen Flasche Wein ins Zimmer.)

Fünfter Auftritt.

von Helm, Johann.

von Helm.

Ha sieht man dich einmal alter Schelm! Du bringst doch immer eine tüchtige Parthie nährende Säfte für dein Nasenvorgebürge und dein angelegtes Kupferwerk mit.

Johann (auf die Flasche deutend.)

Diese Tropfen Maasweis genommen, sind eine herrliche besänftigende Tinctur, gegen das Herzklopfen, welches mich zu Zeiten überfällt, wann ich an die gute Sophie denke, wie sie in der Kutsche die Hände rang, und um ihren Palmheim jammerte.

(Er trinkt währender Unterredung einmal über das andere.)

von

von Helm.

Ha! Ha! Ha! Guck Frizgen! dort steht ein schwarzer Mann, der dich beißt! sagte immer meine Amme, wann ich ihr bey Nacht die Ohren voll heulte, und (er schlägt dem Johann auf die Brust) sieh' Einfalts Pinsel! da steckt ein Gewissen! diß klagt dich an, wann du nicht leiden willt, daß ich ein Herr bin. So etwas muste man erdenken, daß euch dummen Jungens nicht auch, in den Sinn kommt, Herren zu werden, daß ihr desto ungezwungener unsere Esel bleibt. Nicht wahr alter Geck? es reimt sich nicht mit deinem Catechismus, daß du mir das Mensch in die Hände geliefert hast. Aber reimt sich dann diß damit, daß manche, die ihn auslegen, fluchen, wuchern, saufen, und zuweilen auch über das sechste Gebot hinstürzen? Beym Teufel! Mitleyd muß man mit euch einfältigen Leuten haben. Aber es ist einmal wahr: Aus einem Ganß Ey schlupft kein Adler.

Johann.

Nun! Nun! Nur nicht so streng.

von Helm.

Wann du mein Geld verdienen willt, so must du auch kein so jämmerlich dummes milzsüchtiges Geschöpf seyn.

Johann.

Nur noch so ein paar Aufträge, wie der letzte war, dann hoffe ich über das Gewissen, den Catechismus,

ja das ganze Christenthum wegzuspringen. Sie kön=
nen einen schon wißig machen.

von Helm.

Dann kann aber auch in deinen Tagen noch was
rechts aus dir werden. — Da hast du zwey Ducaten
für deine heutige Nachricht. Wann heut alles gut
geht, so bekommst du noch hundert und auf deines
Herrn Gut die Verwaltersstelle.

Johann.

Herrlich! Nun mags immerhin noch einmal an ein
Rauben und Sengen gehn, und ich bin gewiß dabey.

von Helm.

So viel Mühe brauchts heute nicht. Mein Wiß
allein soll dißmal alles ausführen. Du hast nichts
dabey zu thun, als deine Herrschaft und Kronwillen
auszuspähen, mir von allem pünktliche Nachricht zu
bringen.

Johann.

Hm! Diß ist ja mein gewöhnliches Geschäft.

von Helm.

Nur erforderts heute die genaueste Pünktlichkeit
und Schnelle, dann wann es gut geht, so fält heute
die Festung und alles in meine Hände.

Johann.

Der — Teuf — el! Da wären sie ja ein großer
Held!

von

von Helm.

Dummer Kerl! darüber brauchst du eben keine so große Augen zu machen. Hör' einmal meinen Plan und wie weit ich schon in der Ausführung gekommen bin. Kaum hatt' ich deinen Brief, mit der Nachricht, daß dein Herr ein Pfaf werden wolle, und deßwegen heimlich mit Kronwilln hieher gefahren sey, so eilt' ich auf der Stelle zu seiner lieben Mamma, und sagt' ihr alles. Dann diß weiß ich schon, wann Palmheim einmal einen Sparren im Kopf hat, und eine Wand durchrennen will, so läßt er gewiß nicht nach. Er stößt sich lieber das Hirn ein.

Johann.

Das thut er. Besonders wann es aus Gefälligkeit gegen die liebe Frau Tugend oder Religion geschieht.

von Helm.

Nun war bey der alten Meduse Feuer im Dach. Sie fluchte und betete und fluchte aufs Neue über den feinen Kronwill, der muste, wie es dann auch wahr ist, alles gethan haben, um, wie sie sagte: das ganze Vermögen mit ihrer Tochter an sich zu reissen.

Johann.

Und in dieser Meynung werden sie sie doch treulich unterstützt haben.

von Helm.

Ja, aber ganz fein. Ich vertheidigte Kronwills Unternehmen so gut, daß er ihr immer abscheulicher wurde,

wurde, bis sie endlich mit der andächtigsten Verwün=
schung von der Welt schwur: Meine Schwelle soll er
nicht mehr betretten, vielweniger Charlotte zur Ge=
mahlin bekommen.
Johann.
Auch über diesen Entschluß werden sie nicht geweint
haben?
von Helm.
Laß mich nur ausreden. Den Augenblick will ich
(fuhr sie fort) beeden nachfahren, biß dem schändli=
chen Kerl sagen, und meinem elenden Sohn den müt=
terlichen Fluch auf den Kopf donnern, wann er mir
nicht folgt — Nun bot' ich allen zweydeutigen Schmei=
cheleyen so glücklich auf, daß mich die allerliebste
Frau schon halb für ihren Schwiegersohn erklärt hat.
Beruhigen sie sich! sagt' ich: es wird sich noch alles
geben, versteht sich für mich. Ich will selbst hinreu=
ten und mein Möglichstes dabey thun. Doch muß es
das Ansehen haben, als ob ich ganz von ohngefehr,
vom meinem nahen Landgut Helmsfeld, in die Stadt
käme. Es wundert mich, daß sie noch nicht hier ist.
Zwar bin ich stark geritten.
Johann.
Sorgen sie nicht! Sie wird bald genug da seyn.
von Helm.
Nun höre weiter! Vor der ganzen Gesellschaft
werd' ich mich milzsüchtiger stellen als sie alle sind.
Aber

Aber Kerl! stoß dich nicht an meinem Betragen, und sieh' es ja nicht für Ernst an! Ich kenne dich und weiß, daß dir noch öfters eine abergläubische Religionsgrille in die Querre kommt. Mit lauter heiliger Tugend will ich Palmheim vom Kloster abrathen und eben dadurch seinen Eintritt beschleunigen, Tugend muß Kronwilln vor einen Narren halten, und mit lauter Andacht will ich Charlotten mit ihren Gütern erobern; Freylich kostet es mich Witz und Zwang genug, aber es verlohnt sich auch der Mühe.

Johann.

Schon zum voraus wünsch' ich ihnen Glück dazu, dann wann Sie einmal was vorhaben, so würden sie den Teufel aus der Hölle holen, wanns einen gäbe.

von Helm.

Sieh Bursche! so weit kann man es bringen, wann man Verstand hat.

Johann.

Aber was wollen sie dann mit der armen Sophie anfangen?

von Helm.

Die mag eine Reise zu ihren Vätern und Erzvätern thun, dann sonst ist doch nichts mit dem unsinnigen Ding anzufangen. Sobald man ihr zu Leibe will, kanonirt sie mit Unschuld und Tugend, mit Himmel und Hölle und allen Teufeln auf einen los. Und doch würd' ich, trotz allem, die Wilde schon lange bezähmet, das Tarquinische Recht an ihr ausgeübt haben, wann ich

ich nicht noch immer gehoft hätte, diese Lucretia sollte sich gutwillig ergeben. Ich machte mit ihr einen Waffenstillstand nach dem andern, und schon hatt' ich auf Morgen den Sturm festgesetzt. Wann ich aber heute hier siege, so soll sie, nach ihrem Wunsch, unschuldig in die Ewigkeit reißen. Meine Rache an ihr und dem albernen Palmheim, den sie mir vorzog, ist gesättigt. Ja die Marter, welche sich beede durch ihre eigene Narrheiten zufügten, war für mich eine eben so reichhaltige Quelle der Freuden, als für sie des Schmerzens.

Johann.

Aber, lassen sie doch Sophien um meinetwillen leben! Sie ist eine herzgute Frau, die mir manchen Streit mit der Alten verhütete und sogar einmal mit Thränen für mich bat, als man mich wegen eines begangenen Fehlers in meinen alten Tagen fortschicken wollte.

von Helm.

Sind die hundert Ducaten und die Verwaltersstelle schon wieder aus deinem Hirn? Daß man doch euch pöbelhaften Dummköpfen mit aller Mühe keine Vernunft einbringen kann. Ich glaube, uns Vornehme zeichnet die liebe Natur auch dadurch von euch aus.

Johann (wischt sich heimlich die Augen.)

Machen sie immer was sie wollen!

von Helm.

So geh' jetzt auf deinen Posten. Ich will unterdessen einen Spaziergang im Garten machen und mit dem Kopf arbeiten. (Beede gehen auf verschiedenen Seiten ab.)

Zwey-

Zweyter Aufzug.

Erster Auftritt.

(Auf einem Tisch stehet eine Flasche mit Wein und zwey Gläser.)

Kronwill. Palmheim.

Kronwill.

Mein Gott! verbannen sie doch einmal diese finstere Gedanken.

Palmheim.

Sagen sie lieber: Athme nicht mehr und lebe! Nie wird sich meine Traurigkeit unter Glücklichen verringern, aber wann ich mich von ihrer Gesellschaft trenne, dann werd' ich sie mindern können. Sie haben Recht, Kronwill! ich machte mich durch das zu tiefe Gefühl meiner Leiden strafbar gegen die Vorsehung. Auch diß wird in meiner einsamen Zelle weniger geschehen.

Kronwill.

Aber ist nicht ewige Einsamkeit für den Traurigen gerade das Mordgewehr in der Hand der Verzweiflung?

Palmheim.

Auf mich paßt diß nicht. Meinem vom schwarzem Gram erfülltem Herzen sind menschliche Freuden eben so marternd, als dem seufzenden Sclaven der Anblick

frey=

freyer Menschen. Dieser wecket alle seine Leiden in seiner Seele auf, macht ihm seine Ketten unendlich schwerer, verwandelt seinen Schmerz in Wuth, und läßt ihn vergessen, daß er ein Wurm ist, der sich gegen die Allmacht empöret — Aber in der einsamen Zelle wird meine Seele nie aufrührisch gemacht werden, dort wird sich allmächlich mein tobender Jammer in sanftes Trauren verwandeln, mich nie murren lassen, nie in einen Rebellen gegen den Himmel verwandeln.

Kronwill..

Nun, will ich ihnen auf einige Augenblicke diß alles einraumen, ungeachtet sich noch genug dagegen sagen liese. Sie sollen in der Einsamkeit des Klosters einige Linderung ihrer Schmerzen zu erwarten haben. Aber wo bleibt alsdann die wahre thätige Tugend? Werden sie wohl durch bloßes Vermeiden der Ungedult ihre ganze Pflicht erfüllen? — Palmheim kann hier mehr zum Besten der Menschen thun, als in der Zelle, und größere Pflichten gehen warlich den kleinern vor.

Palmheim.

Ich krankes Mitglied würde der Gesellschaft mehr schaden als nützen. Von ihr entfernt, kann ich wenigstens meinen Pflichten gegen Gott ein Genüge thun — sogar meinen Mitbürgern werde ich mehr Vortheil schaffen, ihnen Heil und Segen durch mein Gebet erflehen.

Kronwill.

Auch diß können sie in der Gesellschaft, da sich ohnehin genug andere damit beschäftigen. O mein Freund! warum

warum wollen sie ihren Mitmenschen einen wohlthätigen Menschenfreund rauben? Rühren sie die häufige dankbare Thränen nicht mehr, die sie so oft mit Entzücken fliessen sahen, wann ihre wohlthätige Hand dem Elend zu fliehen gebot? Wird sie nicht die ächzende Stimme des Unglücklichen in ihr Gewölbe verfolgen?

Palmheim.

Es ist gut, daß sie mich hieran erinnern. Eine reiche Stiftung soll alle meine unglückliche Unterthanen schadlos halten.

Kronwill.

Nun muß ich sie bald eigensinnig nennen, da sie so hartnäckig auf einem Entschluß bestehen, der mich und ihr ganzes Haus beleidigt.

Palmheim.

Gegen dergleichen Vorurtheile will ich gar nicht kämpfen.

Kronwill.

Und hat sie nicht der Schöpfer selbst durch ihre Geburt zu höhern Absichten bestimmt?

Palmheim.

Wie sie nicht ihren eigenen Grundsätzen widersprechen! tausendmal sagten sie bey Gelegenheit: Die Geburt ist ein Spiel des Zufalls. Nun denken sie mich in den Stand des Bettlers! so bin ich auch in diesem Stuck gerechtfertigt.

Kronwill.

Aber nun sind sie doch einmal ein Edelmann.

Palmheim.

Gewesen, so lang ich meine angebohrne Vorzüge, die ererbte Verdienste meiner Ahnen, durch wahre Ruhmvolle große Beyspiele nachzuahmen — zu erweitern fähig war. Nun aber, da mich unverbringbarer Gram zu Erfüllung der wesentlichen Pflichten meines Standes untüchtig macht; so hindern mich diese nicht länger an der Ausführung meines Entschlusses.

Kronwill.

Palmheim! Ich beschwöre sie bey allem, was heilig ist, bey meiner Freundschaft, bey der Zärtlichkeit ihrer liebenswürdigen Schwester, bey den Thränen ihrer grauen Frau Mutter, die sie ihr auspressen, ihren Tod beschleunigen werden.

Palmheim.

Lassen sie mich! Der Ruf des Himmels geht allem vor. Nach einer kurzen Unterredung mit dem Prior komme ich noch einmal zurück, bringe unsere Geschäften mit ihnen in Ordnung, und dann auf ewig Abschied.

(Er geht schnell ab.)

Kronwill (ruft ihm nach.)

Freund! Der Geist ihres Vaters schwebt über ihnen und mißbilligt ihre Handlung! Palmheim! — Gott! er hört mich nicht. O was ist der Mensch, wann er zum Raub einer wüthenden Empfindung wird? Freunde, Geschwistern, Eltern, die ganze Welt opfert er derselben auf, und nichts hält seine rasende

Phan-

Phantasien im Zaum, nichts sieht er, als die von ihm mißgeschaffene Bilder, verfolgt diese Irrlichter und stürzt gemeiniglich in den Abgrund. Ich muß ihm nacheilen und ihn, durch alles mögliche, solltens Erdichtungen seyn, wenigstens nur so lange zurückehalten, bis ich seiner Mutter von allem Nachricht gegeben habe. Vielleicht hat ihr mütterliches Ansehen, ihre zärtliche Liebe, mehr Gewalt über ihn, als alle meine Bitten. (geht ab.)

Zweyter Auftritt.

Johann allein.
(Hat im Hereingehen das letztere von Kronwills Rede gehört.)

Diese Mühe hat dir Herr von Helm schon erspart. Die Ankunft der Alten wird dich bald hievon überzeugen und noch dazu deine Redlichkeit übel belohnen. — Der brave Mann dauert mich doch beynahe, da er sonst jedermann so herzlich gut ist und kaum eine durstige Mücke von seinem Trinkglaß verjagen kann. Nun soll er so — halt ich muß trinken, ich werde schon wieder zu nüchtern. (trinkt drey Gläser nach einander aus.) In meiner gutherzigen Nüchternheit steigen mir gleich so viele Religionsgrillen auf, daß ich alle meine schöne Aussichten darüber verscherzen könnte. (Er trinkt noch einigemal) Es ist doch seltsam. Ich muß einen halben Rausch haben, sonst kann ich unmöglich

frey,

frey, oder wie Helm spricht, gescheide denken. Womit mag sich wohl ein Freygeist berauschen, der kein Säufer ist, oder es wegen seinem zerfreygeisterten Körper nicht seyn kann? Hm! zum Henker mit allen Grillen, was gehen mich andere an. Es lebe Helm und sein Witz! dadurch kommt man doch noch zu etwas. Nun seh' ichs klar, daß alle Rechtschaffenheit und Frömmigkeit diesem starken Geist weichen muß. wär ich in meiner Jugend zu ihm, statt zu dem Pater Anton in den Unterricht geschickt worden, ich würd' alles tauffendmal leichter begriffen haben und wer weiß wie weit ichs jetzo gebracht hätte? Wenigstens könnt' ich doch ein Baron seyn — wenigstens — Nun muß ich mich mit den paar hundert Ducaten und der Verwaltersstelle begnügen lassen und als Herr Verwalter aus dieser lieben Welt, wo so viel gute: Wein wächset, abreissen — Nun es heißt doch einmal Herr und der ärgerliche Bediente fällt weg — und, halt, noch etwas! meinen alten Adam kann ich alsdann auch noch ein wenig an dem spitznäßigen Kammerkätzgen kützeln. Die einbildische Kröte! wann man nur einmal, so in allen Ehren seinen Spaß mit ihr haben wollte, da zog sie das Mäulgen, als wann sie eine Dame wär' und ließ einen wohl gar stehen, wanns nicht sogar Ohrfeigen absetzte — bin ich nur einmal Herr Verwalter, so —

Dritter Auftritt.

von Helm, Johann.

von Helm.

Nun Herr Verwalter!

Johann.

Ja noch eine kleine Bedingung muß ich ihnen vorlegen.

von Helm.

Und worinn besteht sie?

Johann.

Der gnädigen Frau ihr Hannchen muß meiner Jurisdiction unterworfen werden, daß mir niemand einen Eingrif in meine Rechte thut, wann ich sie zu meiner Maitresse machen wollte.

von Helm.

Ha! Du sprichst ja schon ganz vornehm. Sorge für nichts, diß wird sich alles von selbst geben.

Johann.

Dann ists gut! Haben sie dann auch Kronwillen dem tollen Narren nachrennen sehen? Er wollt' ihn noch immer zurückhalten.

von Helm.

Zurückhalten — ?

Johann.

Ein Haas jagte den andern. Da war ein Streitens von Mutter und Vater, von Geistern und Gespenstern, vom Teufel und seiner Großmutter, daß man

vor

vor Lachen hätte bersten mögen. Soviel ich verstund, setzte sich Kronwill immer gegen meines Herrn Eintritt ins Kloster. Aber alles umsonst. Palmheim rannte wie brennend nach der Carthaus und Kronwill nach.

von Helm.

Das ist Verstellung, pure lautere Verstellung, damit er sich hernach bey der Alten weiß brennen will. Nicht wahr? er ist ihm gewiß nicht auf dem Fuß nachgefolget.

Johann.

Nicht den Augenblick.

von Helm.

Sagt' ichs nicht? Diß hättest du gleich merken sollen.

Johann.

Wann ich eben die Leute so freundschaftlich mit einander reden höre, so vergeß ich alle meine von ihnen erlernte — erstudierte — wie nennen sie es doch — Philosophie, und meyne eine Engelszunge kann unmöglich das Werkzeug eines teuflischen Herzens seyn.

von Helm.

Hund! Geh mir aus den Augen!

Johann.

Verzeihen sie mir gnädiger Herr! Es ist mir so herausgefahren, ich habe vergessen zu trinken.

von Helm.

Schurke! wann du dich nicht änderst, so fürchte meine Rache, dein Leben steht in meinen Händen, oder wann ich dich verrathe, so kan mich mein Verstand und Geld schützen, du aber must mit deiner Haut bezahlen.

Johann.

O ich bitte, ich bitte sie um aller Heiligen und Märtyrer willen, verschonen sie mich! Ich will ihnen ja folgen.

von Helm (zieht den Degen.)

Um aller Teufel willen! zittre!

Johann (bebend.)

Um aller Teufel und Erzteufel willen — seyn sie mir gnädig! Ich will ja alles, alles thun, vor sie sterben, wann es nöthig ist.

von Helm.

Das brauchst du nicht für mich. Bloß zum Theilnehmer meines Glücks wollt ich dich machen. Aber du bist und bleibst ein armseeliger Pfaffen Sclav!

Johann.

O ich erkenne ihre Großmuth und dank ihnen unterthänigst dafür.

von Helm.

Nichts von Dank und Großmuth. Zum Henker mit diesem tollen Wortgepinsel. Mit Leuten, die wie ich denken, kann ich Gut und Blut theilen, aber milzsüchtige Narren haß' ich ärger, als die Pest.

Johann.

Dürft' ich unterthänigst noch eine Frage ihrer Weißheit vorlegen, da wir doch gerade von unserer Denkungsart reden?

von

von Helm.

Heraus, was ists?

Johann.

Es ist so eine Grille, die mir in meinem blöden Gehirn herum wackelt. Ich habe schon oft gedacht — Aber werden sie nur nicht wieder böse.

von Helm.

Rede nur einmal. Es wird wieder was wichtigs herauskommen.

Johann.

Es betrift weiter nichts, als so ohngefehr die zehen Gebote. Ich dachte schon: Wann jedermann, so wie wir beede, dagegen handelte, so wäre Niemand einen Augenblick seines Lebens und Güter sicher. Wann einer auch noch so ausgelernt wäre, so ist doch immer einer über ihn, und da müßten sich endlich die Menschen selbst untereinander aufreiben. Deßwegen kann doch unsere Gedenkungsart nicht so ganz richtig seyn. Aber tausendmal um Vergebung! Es war nur eine Frage.

von Helm.

Schaafskopf! Eben darum muß jeder seine Wissenschaft für sich behalten, und sich nicht jeden Esel in die Karte sehen lassen. Was nützt dem Taschenspieler seine Kunst, wann er sie jeden Lumpenkerl lehret? Daß ich dich aus Mitleiden zum Schüler angenommen, darauf kannst du warlich stolz seyn, der Teufel hol mich! ich würde nicht gegen jeden so herausgehen.

Johann.

Johann.

Gut, alles gut! Sie reden wie ein — wie ein — wie soll ich nur sagen, wie einer, der alles weiß. Nur eins möcht' ich noch wissen: Wie kommts doch, daß sie so oft den Teufel beschwören, da es doch keinen giebt?

von Helm.

Narre! Sieh den Teufel bey mir für ein Comma an, wann du anderst verstehst, was diß heißt. Kam dir etwa nicht wieder ein frommer Zweifel in die Lunge? Kerl! ich sag dirs zum letztenmal: Laß mich kein so ungereimtes Zeug mehr von dir hören, dann will ich mit dir, wie mit einem Bruder umgehen. Doch zur Hauptsache, die Zeit ist edel. Durch deine Dummheiten sind wir ganz davon abgekommen. Also glaubst du selbst, daß sich Kronwill verstellt hat?

Johann.

Warum nicht? Sie können ja mit ihrem alles durchdringenden Auge bis in den geheimsten Winkel des menschlichen Herzens sehen.

von Helm.

Kerl schmeichle mir nicht! Rede kurz und ehrlich.

Johann.

Freylich glaub' ichs.

von Helm.

Also weißt du, was du auf die Fragen der Mutter, wann sie ankommt, zu antworten hast?

Johann.

Johann.

Sorgen sie nicht. Sie, die hundert Ducaten und die Verwaltersstelle sollen mir immer vor Augen schweben.

von Helm.

Ich hoffe, du wirst einmal klug werden. Da hast du ein paar Ducaten! vertrink sie unten in der Wirths= stube auf unser Glück.

Johann.

Unterthänigen Dank!

von Helm.

Geh' nur jetzt! Kronwill möchte zurückkommen, und dich bey mir antreffen. (Johann geht ab.)

Vierter Auftritt.

von Helm allein.

von Helm.

Daß es doch so schwer fällt, einem Knechte des Aberglaubens, das in der Jugend eingesogene Pfaf= fengeschwätz aus dem Gehirn zu treiben! Diß macht mir bey dem sonst brauchbaren Kerl immer doppelte Mühe. Erst muß ich seinen Kopf reinigen, und dann Vernunft hineinpflanzen. Er besauft sich von meinem Geld — dann ist er so gelehrig, so klug, daß er mir zu Gefallen Vater und Mutter umbrächte. Sein Rausch nimmt nur in etwas ab, den Augenblick er= wachen in ihm so viele, hundertmal wiederlegte Ge=
wiß=

wissensscrupel, daß diese Chimäre mein ganzes Sy‍stem von Glückseligkeit zernichten würde, wann er nicht schon zu tief eingeflochten wäre, sich nicht für mir und der herrschaftlichen Strafe fürchtete. Hab' ich aber nur einmal meinen Entzweck durch diese Ma‍schine erreicht, dann soll sein Maul in dieser Welt ge‍wiß ewig geschlossen bleiben, und im Reich der Todten mag er es erzählen, wo er will — meinetwegen dem Pluto selbst und seinem ganzen schwarzen Parlement — Hab' ich nur noch einige Stunden nöthig, und dann ist alles geschehen. Das Schwierigste ist gethan, Kronwill so gut als gestürzt, ihn hält die alte Palm‍heim für die einige Triebfeder aller Narrheiten, die ihr Sohn begeht und begehen wird. In dieser guten Gesinnung will ich sie ehrlich stärken. Helm! dißmal müßtest du dich vor dir selbst schämen, wann deine Entwürfe scheitern sollten, da sie fast ohne mein Zu‍thun ihren bestimmten Gang gehen. Gesetzt aber, es wäre auch diß möglich, so würd' ich doch eben so ver‍gnügt Leib und Leben wagen, meine gereizte Leiden‍schaft zu befriedigen, meine ehemals von Sophien nun von Charlotten verachtete Liebe zu rächen, als sich der irrende Ritter Palmheim für die theure Knochen sei‍ner erträumten Göttin lebendig in die Montesinos‍höhle, in seine Zelle begraben will. Ich stürbe, gleich einem Helden, mitten in der Ausführung großer Ent‍würfe und Palmheim als ein Schwärmer. Diese

einige

einige Pille, (er zieht ein Kügelchen des stärksten Giftes aus seiner Weste) die ich immer bey mir trage, würde mich allen Verfolgungen der Narren entziehen. Das versteht sich, daß ich nur im äussersten Nothfall Gebrauch davon machen werde. Aber sie macht mich doch in allen Unternehmungen herzhaft. — Hah! welche Thorheiten begeht der Empfindsame! So nennen die Narren ihre milzsüchtige Brüder. Ein trübes Wölkchen überziehet sein lachendes Schattenbild — und nun ächzt und winselt er wie ein Kind, um das Licht, das ihm einen Augenblick entzogen wird, wann Leute von meinem Caliber, von gesundem Menschenverstand nur wirkliche Vergnügen schätzen, und gemeiniglich aus den widrigsten Vorfällen doppelte Vortheile ziehen. Sophie schlug meine Hand, trotz allen tugendhaften Verstellungen, aus — Aber ich blieb muthig. Und nun — St! da kommt Kronwill.

(von Helm nimmt eine tiefsinnige Miene an.)

Fünfter Auftritt.

Kronwill. von Helm.

Kronwill.

Helm! ich bitte, ich beschwöre sie bey meiner Freundschaft, helfen sie mir den verirrten Palmheim retten.

von Helm.

Ist er in Gefahr der unglückliche Mann?

Kron=

Kronwill.

Mehr als jemals. Fast unerwecklich von dem Schlag seines Unglücks betäubt, ist er im Begrif einen Schritt zu thun, der ihn gewiß reuen, sein ganzes Haus beleidigen muß. Gegen alle meine Vorstellungen, will er mit Gewalt ins Kloster — dort glaubt er seine verlohrne Ruhe wieder zu finden.

von Helm.

Die wird ihm die Einsamkeit leider nicht verschaffen. Wo ist er? Führen sie mich schnell zu ihm, vielleicht —

Sechster Auftritt.

Fr. von Palmheim. Kronwill. Charlotte. von Helm.

Fr. von Palmheim.

Wo ist mein Sohn?

Kronwill.

Wie gewünscht kommen sie, gnädige Frau! Eben wollt' ich —

Fr. von Palmheim.

Wo ist mein Sohn? frag' ich.

Charlotte.

Liebe Mamma! Seyn sie doch nicht so hitzig. Er ist gewiß unschuldig.

Fr. von Palmheim.

Schweig! bis ich dich frage. Helm! wissen sie nichts von seinem Aufenthalt? Führen sie mich gleich

zu ihm, ſie erzeigen mir die gröſte Gefälligkeit.
von Helm.
Gnädige Frau! ich bin eben angekommen, und habe ihren Herrn Sohn noch nicht geſehen.
Fr. von Palmheim.
(Ju Kronwilln.) Verdammte Zurückhaltung und Heuchelen!
Kronwill.
Mäßigen ſie ihre Hitze! vielleicht quält ſie ein grundfalſcher Argwohn.
Fr. von Palmheim.
Leider nur allzugegründet. Pfui Kronwill! Muß ich in ihnen den Eigennützigen kennen lernen, der ſei= nen unerſättlichen Geiz zu befriedigen, den letzten Zweig eines Hauſes vom Stamm reißt?
Kronwill.
Sie beleidigen mich!
Fr. von Palmheim.
Einen Menſchen von ihrem Caracter kann nichts mehr beleidigen.
Charlotte.
Ach! belohnen ſie ſeine Rechtſchaffenheit nicht mit unedlen Vorwürfen. Sie müſſen längſt überzeugt ſeyn, daß Kronwill gewiß kein Sclave niederträchti= ger Habſucht iſt. Ich kenne ſeine uneigennützige Grundſätze, ſein edles Herz, daß allen Laſtern eine ewige Feindſchaft geſchworen hat.

Fr.

Fr. von Palmheim.
Schweig', oder entferne dich! (Charlotte weint.)
Kronwill.

Gott! Charlotten muß ich um mich weinen sehen! diß frißt tiefer in mein Herz, als alles übrige — (Im gesetzten Ton) Glauben sie gnädige Frau! Alle Güter der Welt könnten mich nicht zu der geringsten schlechten Handlung verleiten. Möchten sie in meiner Seele lesen können! sie würden meine Unschuld und ihren Irrthum unwidersprechlich darinnen finden.

Fr. von Palmheim.

Ich will von ihrer Rechtfertigung nichts hören. Sagen sie mir, wo mein Sohn ist?

Kronwill.

Er gieng, troß allen meinen Vorstellungen, in die Carthause.

Fr. von Palmheim.

Verräther! — Herr von Helm, wollen sie mich dahin begleiten?

von Helm.

Wie sie befehlen.

(Fr. von Palmheim und Helm gehen eilend ab.)

Siebenter Auftritt.

Charlotte. Kronwill.

Charlotte.

O Kronwill! Kronwill! Wie viel müssen sie von meiner Mutter dulten! Welche fürchterliche Gewitter seh' ich in der Nähe, wann ich einen scheuen Blick in das schwer zu versöhnende Herz meiner Mutter wage — Ich zittre.

Kronwill.

Ruhig, ruhig, meine Beste! Ihr Bruder selbst wird mich rechtfertigen.

Charlotte.

Wann sie ihn aber nicht aus dem Kloster bringt, so sind wir gewiß die unglücklichen Opfer ihres Zorns. Und dann Kronwill — dann — ich kann den Gedanken voll Hölle nicht denken. —

Kronwill.

Quälen sie sich doch nicht umsonst mit dergleichen schwarzen Vorstellungen! Meine volle Unschuld muß an das Licht kommen, und dann kann mich ihre Frau Mutter unmöglich hassen.

Charlotte.

Ach! Sie kennen nur die Fleckenfreye Seite ihres sonst herrlichen Gemüthes. Noch nie haben sie ihre beleidigte Zärtlichkeit, ihre gekränkte Ehre toben gesehen. Wann sie diese nur verletzt glaubt, so kann sie im Taummel der Leidenschaft den Engel nicht vom Teufel, die Unschuld nicht vom Bösewicht unterscheiden, ist fähig ihr eigen Blut zu verkennen. — Gott! Laß mich nicht in den Abgrund sinken, an dessen Rand ich betäubt wandle! O Kronwill, wann ich sie verliehren sollte — Sie mein einiges Glück in der Welt, den

Gegenstand aller meiner Wünsche, der mir eine Wüste zum Paradieß machen würde — wann mir dieser Himmel voll Seeligkeiten auf einmal entrissen würde —

Kronwill.

Theuerste Charlotte! Ihre Zärtlichkeit für mich strömmt Entzücken in meine Seele. Aber warum soll sie ihnen eingebildete Quaalen schaffen? Ich kenne das liebevolle Herz ihrer Frau Mutter, diß ist keiner unbiegsamen Härte fähig. Stürme sind möglich, aber sie werden sich auch wiederum legen.

Charlotte.

Und ich kenn' es noch genauer. Eben diese zärtliche Liebe meiner Mutter gegen Palmheimen, den letzten Stammhalter, rechtfertigt meine schwarze Ahndungen. Sagen sie mir doch, wie sie in diß kritische Geschäft mit verwickelt wurden.

Kronwill.

Wider mein Wissen und Willen. Heute früh vor Tag fährt ihr Bruder unerwartet vor mein Haus, und bittet mich ihn hieher zu begleiten, ihm in einigen Geschäften zu dienen. Wir sprachen unterwegs von gleichgültigen Dingen, stiegen ab und nun eröfnet' er mir seine Absicht. Kein Strahl hätte mich gefühlloser machen können. Ich bitte, leg' ihm alle mögliche Gründe vor, nichts kann ihn erschüttern — ich lauf' ihm bis an die Pforte des Klosters nach, bitt' ihn mit Thränen nur noch einige Stunden zu warten — Alles umsonst

umsonst — Sie wissen ja selbst, wie unbeweglich er in seinen Entschliessungen ist.

Charlotte.

Himmel steh mir bey! wann er auf seinem Eigensinn beharren sollte. Kronwill! meine Unruhe steigt wie die Todesangst des Sterbenden. Meine Mutter sprach von ihnen unterwegs, und stieß im wüthenden Zorn die fürchterlichsten Drohungen gegen aus. Mir ists unbegreiflich, wie sie alles zum Glück und Unglück so plötzlich erfahren hat.

Kronwill.

Mir nicht. Palmheim ließ sich, wie er mir selbst gestund, einigemal ziemlich deutlich heraus. Wer weiß, wie viele heimliche Kundschafter seitdem alle seine Tritte belauerten. In dem Augenblick, da sie ankamen, wollt' ich einen Boten zu ihnen senden, und ihre Frau Mutter bitten; ihr Ansehen mit meinen Gründen gegen Palmheimen zu vereinigen. Wegen unserer Liebe seyn sie immer ruhig. Ihr Bruder kennt ganz meine uneigennützige Seele, und wird gewiß der Frau Mutter allen Argwohn benehmen. Helm wird unterwegs das nemliche thun, dann auch dieser weiß, daß ich ihn selbst kurz vor ihrer Ankunft bat, mir meinen verirrten Freund retten zu helfen.

Charlotte.

Wann dieser nur die Gluth nicht stärker anbläßt. Ich wünschte, daß er nicht hier wäre!

Kron=

Kronwill.

Liebstes Kind sie irren sich! von Helm ist ein rechtschaffener Mann.

Charlotte.

Ich wünsch' es. Möcht' ich nur keine Gründe haben, daran zu zweifeln! (Nach einer kleinen Pause) Wie gezwungen sind seine freundschaftliche Aeusserungen, wie oft leuchtet eine tief versteckte Schadenfreude aus seinen Mienen hervor, wann in seiner Gegenwart von Unglücklichen, unschuldig Leidenden gesprochen wird. Wahr ists, sein Mund fließt immer von Mitleid und Menschenliebe über. Aber ich sorg', es geht ihm wie den pharisäischen Andächtlern, deren drittes Wort immer ein Seufzer ist, und die dannoch keine Religion im Herzen, in den Handlungen übrig behalten, weil sie beständig in Worte ausdünstet. Von seinen abgeschmackten Schmeicheleyen, womit er mich öfters beynahe erstickt, will ich gar nicht sprechen. Kurz, ich kann ihn nicht ansehen, ohne eine widrige Empfindung zu fühlen, und wann ich je einen Menschen hassen könnte, so wäre es gewiß Herr von Helm.

Achter Auftritt.

Die Vorigen. Frau von Palmheim. von Helm.

Fr.

Fr. von Palmheim.

Find' ich dich noch immer in der Gesellschaft des Nichtswürdigen? Geschwind begieb dich auf unser Zimmer!

Charlotte.

Liebe Mamma! Ich will ihnen gern auf der Stelle gehorchen. Aber schonen sie des besten Mannes, dem ich alle Entwicklung und Berichtigung meiner Tugend zu danken habe — des Mannes, ohne den —

Fr. von Palmheim (fällt hastig ein.)

Stille mit diesen Lobsprüchen. Pack dich fort! ich weiß selbst, was ich zu thun habe.

(Charlotte küßt ihr die Hand und geht weinend ab.)

Kronwill.

Kränken sie doch um Gotteswillen ihre in jedem Fall unschuldige Tochter nicht. Ich weiß gewiß, gnädige Frau! daß sie in wenigen Stunden selbst ganz anderst von mir urtheilen werden. Meine Unschuld muß an Tag kommen, und bis dahin will ich gern alle ihre Beleidigungen ohne Murren tragen.

Fr. von Palmheim.

Wie! Sie unterstehen sich mir vorzuschreiben, wie ich mit meiner Tochter umgehen soll? Bey Gott! es steht kein blind folgender Palmheim vor ihnen, den sie nach ihrem Eigennuß lenken und verkaufen können.

Kronwill.

Diß geht durch die Seele! — Aber — Gedult!

Fr.

Fr. von Palmheim.

Ists nicht höllenschwarze Verrätherey, daß Herz eines Kindes so gegen seine alte Mutter zu verhärten, daß er sie verachtet, nicht hört, nicht vor sich läßt! Ungehorsamer Sohn! du und dein unersättlicher Verführer sollt es fühlen.

Kronwill.

Ihr Sohn hat gefehlt. Von schwärmerischen Begriffen hingerissen, verkennt er eine kleine Zeit die Stimme des Bluts — der Vernunft. Allein ihre mütterliche Zärtlichkeit, die ich selbst, kurz vor ihrer Ankunft, schriftlich darum bitten wollte, wird ihn bald zu sich selbst bringen.

von Helm.

Auch ich glaube, daß endlich alles nach ihrem Willen gehen wird. Nur muß man jetzt alles mögliche entfernen, was ihn in seinem Vorsatz unterstützen könnte.

Fr. von Palmheim.

Herr von Helm! Ich habe eine Schlang in meinem Busen genährt. Da kriecht sie schmeichelnd um uns herum, und speyet Gift. Aber es soll auf ihren eigenen Kopf zurücke fallen.

Kronwill.

Gnädige Frau! mäßigen sie einmal ihre Hitze. Dergleichen ehreraubende Beschuldigungen kann nur der Bösewicht ganz ohne äusserliche Empfindlichkeit extra-
gln,

gen. Ihr eigener Sohn muß mich rechtfertigen. Geschiehts nicht, so unterwerf' ich mich ihrer ganzen weiblichen Strenge.

Fr. von Palmheim.

Trotz und vermischte Unterwerfung sind die letzte Waffen eines jeden Niederträchtigen.

Kronwill.

Und sie Herr von Helm hielt ich für meinen Freund!

von Helm.

Mit Recht, ich werd' es ewig bleiben.

Fr. von Palmheim.

Ja er ists nur zu sehr, entschuldigt sie mehr, als ihre geheimnißvolle schändliche Entwürfe verdienen. Ich werd' aber dem ohngeachtet dannoch nach meiner sonnenklaren Ueberzeugung handeln.

Kronwill.

Gegen ihre durch die schwächsten Scheingründe hartnäckige Vorurtheile vermögen auch die klärsten Beweise nichts, wann sie aus meinem Munde kommen. Ich sag' es noch einmal: Palmheims Aussage soll über mich entscheiden.

(geht ab.)

Neunter Auftritt.

Frau von Palmheim. von Helm.

von Helm.

Freylich wird er alles dunkel und zweydeutig genug angelegt haben. Ich will ihn zwar keiner bösen Absicht be=

beschuldigen. Noch halt' ich ihn für einen rechtschaffenen Mann. Allein sein Rath: Widmen sie sich ganz dem vertrauten einsamen Umgang weiser Religions- und Tugendfreunde! ist mir gleichwol noch immer auffallend. —

Fr. von Palmheim.

Und diß mit Grunde. Freylich wird der Verräther nicht vermuthet haben, daß sie die geheime Bedeutung dieses Schlangen Raths entdecken — mir alles so schnell zu wissen thun würden, um einer grauen Mutter den tödlichsten Gram zu erspahren. Unendlichen Dank bin ich ihnen schuldig, womit werd' ich's jemalen vergelten können?

von Helm.

Ich befolgte bloß die Pflichten der wahren Menschenliebe, und bin ich nicht überflüßig durch das entzückende Bewußtseyn: Ich verhütete ein Unglück: Belohnt? Nichts als der feurigste Wunsch bleibt mir übrig: Meinen liebsten unglücklichen Palmheim in ihre mütterliche Arme wieder zurückzuführen.

Fr. von Palmheim.

Niemand kann diß besser als sie. Möcht' ihnen nur der Beweiß meiner Dankbarkeit, den ihnen mein Herz bestimmt, eben so angenehm seyn, als mir ihre Freundschaft unschätzbar ist. Wär' es vielleicht nicht das rathsamste, wann wir den heillosen Verführer noch vor meines Sohnes Zurückkunft entfernen
könn-

könnten, damit er nicht verdirbt, was wir etwa gut machen.

von Helm.

Vortreffliche Frau! Diß hätt' ich ihnen schon lange gerathen, wann mirs nicht schwer fiele, meinen Nächsten, auch bey den deutlichsten Beweisen, für ein schlechtes Geschöpf zu halten. Der Gedank: Im Ebenbild Gottes kann unmöglich eine schlechte Seele wohnen: läßt mich kaum glauben, daß Bösewichter möglich sind. Und doch (wischt sich eine Thräne ab) widerlegen die schrecklichste Beyspiele den Gedanken.

Fr. von Palmheim.

Unschätzbare Thräne! der unter die Thier' erniedrigten Menschheit geweint. Sie war herrlich geschaffen. Welch ein Muster der Rechtschaffenheit lern' ich heut in ihnen kennen! Dieser eindringenden Tugend kann mein Sohn unmöglich widerstehen. Ja sie werden mir ihn wiedergeben.

von Helm.

Ihr Lob beschämt mich.

Fr. von Palmheim.

Genug Beweiß, daß sie es verdienen. Aber sagen sie mir: Wie kann wohl Kronwill auf das sicherste entfernt werden?

von Helm.

Ich wills über mich nehmen. Ist er unschuldig, so wird er gern einwilligen, wo nicht, so wird er mit Gewalt da bleiben, um sich in Palmheims Gegenwart durch Scheingründe zu rechtfertigen, deren Schwäche ihr scharfes Aug ohne Müh' entdecken wird.

Fr. von Palmheim.

Gut, mein theurer Helm! Auf sie verlaß ich mich. Ich will unterdessen meiner Charlotte eine richtigere Kenntniß von diesem Verräther beybringen, und zugleich meine fernere Absichten bekannt machen.

Zehnter Auftritt.

von Helm. Johann.

von Helm.

Glück auf den Weg! Beym Teufel! diß war ein harter Stand. Weinen und zugleich das Lachen verbeißen müssen, daß man ersticken mögte. Nun will ich mich aber auch satt lachen. Ha! ha! ha! das alte Furien Gesicht. (Johann kommt) Komm Johann! lach' auch mit. Ha! ha! ha!

Johann.

Diß that ich schon lang vor der Thüre. Sie sind doch ein verzweifelter Mann. Bald hätten sie mich bekehrt.

von Helm.

Dummer Pinsel! meinst du dann, daß mich die Narrheiten nicht genug Ueberwindung kosteten? Aber der Preiß, um den ich sie in die Wette nachahme, ist's werth.

Johann.

Johann.

Und so viel ich merke, haben sie so gut als gesieget.

von Helm.

Du kennst ja meine Stärke, wann ich mir einmal etwas vornehme. Nun, weißt du nicht wo Kronwill steckt? Ist er vielleicht zu seiner wimmernden Schönen gekrochen, um seinen Schmerzen mit dem Ihrigen zu vereinigen, mit ihr ein Duett zu heulen?

Johann.

Hah! Das Fräulein sitzt auf ihrem Zimmer, und winselt so jämmerlich, daß einem das Herz brechen möchte.

von Helm.

Ich will sie schon mit nachgeäfter Tugend trösten. Dann der ist kein Opfer zu groß, wann es auch nah an den Kopf gienge.

Johann.

Ihr Unterricht muß sie endlich gescheid machen. Man nimmt ihre herrliche Lehren gar zu gern an, dann nach ihren Gedanken darf man so hübsch thun, was man will. Gewiß, wann sie Reformator werden wollten, sie bekämen noch einen weit stärkern Anhang als Doctor Luther, der noch die zehn Gebotte beybehält, und mit der Hölle droht.

von Helm.

Nun, wirst du mir doch allgemach ein Kerl, wie ich dich haben will, dem man bald was anvertrauen kann.

Johann.

Johann.

Uebung hilft mehr, als aller Unterricht. Wer diese unterläßt, den kann kein Lehren gescheid machen. Aber Leute wie sie und ich marschieren auf dem Weg zur Hölle gerade fort, ohne nur einmal umzusehen — Doch halt! Es giebt ja keine Hölle.

von Helm.

Dieser Anhang ist dein Glück, sonst hättest du auf einmal mein ganzes Vertrauen wieder verlohren.

Johann.

Haben Euer Gnaden mit meinem Bauernhirn ein wenig Nachsicht. Noch hier und da hängt in demselben ein alter Irrthum, den mir mein abergläubischer Schulmeister mit tüchtigen Schlägen hineinzwang.

von Helm.

Ihr seyd beyde Narren — Dummköpfe!

Johann.

Ey! ey! schon wieder so aufgebracht. Ich versprech' es ihnen feierlich, nie wieder so was Dummes zu sagen.

von Helm.

Zeit wär' es freylich einmal. Wann ich glaube dich ganz vernünftig gemacht zu haben, so liegst du auf einmal wieder bis an Halß im Aberglauben, und da muß ich immer die kostbare Zeit über deiner Bekehrung verliehren. Bey meiner Ungnade! Kein Wort mehr von diesem Schlag.

Johann.

Also! Kronwill ist gerade nach der Carthaus gerennt.

von Helm.

In das Kloster — Nun hab' ich gewonnen Spiel. Besser hätt' er es für mich nicht machen können. Ich sollt' ihn entfernen, und diß war eben doch nicht so gar leicht, da er seine Ehre auf der Stelle wird zu retten suchen. Nun aber muß die Alte nothwendig glauben: daß ihn, nach ihrem Ausdruck, sein böses Gewissen dahin geführt habe, um Palmheimen vorläufig zu unterrichten, wie er für ihn sprechen soll. Alle Teufel, (doch nein! Heilige müßten es hier wenigstens seyn) werden es ihr nicht ausreden. Nun ist das meiste gethan. Palmheim ist schon in die Kutte geleimet, diesem offenbaren Narren glaubt die Mutter nicht. Hah Kronwill! wie lustig seh' ich dich purzeln. Nur du Johann mußt ihm noch den letzten Stoß geben, damit es desto schneller geht. Die Alte wird mit dir von ihm sprechen, und ich hoffe, du wirst deinem Lehrer Ehre machen.

Johann.

Ich will so treuherzig dumm sprechen, daß mir kein Mensch zu Leibe kann, und Kronwill dennoch stürzt.

von Helm.

Brav! brav! Nun kann ich mich selbst vor ihr Zimmer schleichen, und hören, wie es für mich steht. (im *Weggehn*) Spiele deine Rolle gut!

Johann.

Sorgen sie nicht.

Eilfter

Eilfter Auftritt.

Johann allein.
Johann,
(Wird allmählich nüchtern, setzt sich unruhig an den Tisch, steht aber bald wieder auf.)

Bin ich nicht ein elendes abscheuliches Geschöpf! Ich wurd' ein Bösewicht, um der Sclav eines Bösewichts zu seyn — Verfolgt von seinen Drohungen, seiner tückischen Boßheit, meinem donnernden Gewissen, seh' ich nichts als unendlicher Unruh entgegen. Kaum verläßt mich die Wirkung betäubender Getränke, so klagt mich mein innerer Richter an — ich fühle die Centnerlast meiner Verbrechen, den unersetzlichen Verlust meiner Rechtschaffenheit, und tausendfach steigt meine Marter, wann ich in der Miene der leidenden Unschuld heitere Gewissensruh' erblicke, wann ich die bedrängte Tugend sich mit der Religion stärken höre. Helms verstellte Unterredung mit der alten Frau hat mich aus meinem Schlaf erweckt, und doch darf ich meinen Kummer nicht vor ihm blicken lassen, wann ich nicht ein Opfer seiner mordenden Rachsucht werden will. Ich Unglücklicher! mußt' ich noch in meinen alten Tagen durch Trunkenheit und Geldsucht mich verführen lassen — ein schwarzer Bösewicht werden — Nein ich halt' es nicht mehr aus, ich muß in die freye Luft, sonst erstick ich. (geht ab.)

Dritter Aufzug.

Erster Auftritt.

Frau von Palmheim. Charlotte.

Fr. von Palmheim.

Du weißt nun meinen Willen, und dem sollt du gehorchen.

Charlotte.

Soll Kronwilln dann ein bloser Verdacht verurtheilen? Wollen sie ihn nicht hören, nicht einmal untersuchen, ob er wirklich strafbar ist. O wie oft hat schon betrogener Argwohn die Unschuld mißhandelt!

Fr. von Palmheim.

Ich bin überzeugt, hab unumstößliche Beweise, folglich keine beschämende Vorwürfe zu besorgen.

Charlotte.

Kronwill fuhr mit meinem Bruder hieher, also hat er ihn verführt. Diß ist ihr ganzer Beweiß. Wie wann man sie im dichten Walde bey einem von Räubern tödlich Verwundeten anträffe, der unter ihren Händen stürbe — Sie würden, indem sie ihm zu Hülfe kommen, von dem Blut des Sterbenden bespritzt — Man hielte sie vor seine Mörderin und schleppte sie vor den Richterstuhl — Würden sie nicht
Unter-

Untersuchung — Gehör verlangen, ehe man sie verurtheilte, würden sie nicht beedes erhalten?
Fr. von Palmheim.
Was doch die Liebe nicht für weise Leute bilden kann!
Charlotte.
Die natürliche Billigkeit spricht dißmal. Ist Kronwill wirklich strafbar, so wird sich meine Liebe gegen ihn in Verachtung verwandeln. Aber diß muß einmal zuerst mit ruhigem Gemüth untersucht, mein Bruder selbst über den ganzen Hergang gehört werden —
Fr. von Palmheim.
Damit ein Schurke den andern entschuldige! Ich bin mir selbst klug genug. Du weißt meinen Willen, und den vollzieh' ohne Widerrede.
Charlotte.
Kann ich dann den zärtlichsten Empfindungen meiner Seele gebieten — den Unschuldigen vor schuldig halten, eh' ich überzeugt bin — da müßt ich ihren eigenen mütterlichen Lehren ungehorsam werden. Nie kann ich den Mann vergessen, nie ihn sehen, nie denken, ohne —
Fr. von Palmheim.
Elende Romanen Heldin! Ich kenne tüchtige Mittel deine Schwärmerey zu heilen.
Charlotte.
Theuerste Mutter! Machen sie ihr Kind in der Heftigkeit ihrer aufgebrachten Leidenschaften nicht unglück-

glücklich. Erinnern sie sich an die sanften Tage ihrer Jugend, an ihre feurige Liebe gegen meinen seeligen Vater! Hätte sie ein unseeliger Zufall, ein elterliches Vorurtheil grausam getrennt — Gott! welche Quaal würd' ihr Herz zerrissen haben. So wollen sie wirklich das Meinige zerfleischen. Schonen sie mich und den redlichsten Mann — um der Liebe meines Vaters —

Fr. von Palmheim. (fällt hastig ein.)

Schämst du dich nicht deinen rechtschaffenen Vater mit einem Nichtswürdigen zu vergleichen?

Charlotte.

Nur diß bewilligen sie mir: Eine Untersuchung mit kaltem Blut —

Fr. von Palmheim.

Ich kann ihn nicht mehr vor mir sehen, will nichts von ihm hören. Seine Gegenwart würde mich rasend machen. Ich weiß schon zu viel —

Charlotte.

Und doch nicht genug um nicht zu irren, oder hintergangen zu werden.

Fr. von Palmheim.

Kein Wort mehr von dem —

Charlotte (küßt ihr wehmüthig die Hand.)

Beste theuerste Mamma!

Fr. von Palmheim.

Bin ichs, so gehorche!

Char-

Charlotte.

Ach reissen sie mir zuerst das Herz, dem sie das Leben gaben, aus der Brust, dann kann ich den Redlichen vergessen.

Fr. von Palmheim.

Wann dein Eigensinn sich nicht durch Güte lenken läßt, so soll ich Gewalt brauchen.

Charlotte.

O möchten sie in meiner Seele die wärmste kindliche Liebe — Dankbarkeit — Unterwerfung in allem was billig und edel ist lesen —

Fr. von Palmheim.

Heuchlerin!

Zweyter Auftritt.

Die Vorigen. von Helm.

Fr. von Palmheim.

Haben sie meinen Sohn noch nicht gesehen?

von Helm.

Noch nicht.

Fr. von Palmheim.

Und wo steckt nun der saubere Kronwill?

von Helm.

Ich glaubt' ihn hier zu finden. Seitdem er so hastig von ihnen lief, sah' ich ihn nicht mehr.

Fr. von Palmheim.

Ein neuer Beweiß seines bösen Gewissens. Diß sucht sich immer zu verbergen, um Entdeckung und Schande zu vermeiden.

Charlotte.

Sagen sie lieber: Er sucht harten Vorwürfen zu entgehen, die seine Unschuld töblich martern müssen.

von Helm.

Ich selbst wünscht' ihn unschuldig.

Charlotte.

So können sie noch daran zweifeln?

Fr. von Palmheim.

Eine Frage, die niemand thun kann, als wer, wie du aller Vernunft entsagt, und gegen alle Beweise seiner Niederträchtigkeit blind ist.

Charlotte.

Beweise! — Ach es sind noch lauter neblichte Scheingründe, die Kronwills edles großmüthiges Herz ganz gewiß zerstreuen wird. Wer so, wie er, den niedern Stolz des Vermögens geringe schätzet —

Fr. von Palmheim.

Und alles diß nimmst du bethörtes Mädgen für baares Geld an?

Charlotte.

Glauben sie, daß ich gewiß den edlen aufrichtigen Mann vom kriechenden Schmeichler durch eigene Erfahrung unterscheiden lernte. Ton, Miene, Handlungen und Umgang können sie Aufmerksamen kennbar machen.

von Helm.

(Etwas betretten bey Seit.) Sie meynet mich und meine ehemalige Anträge (laut) Lassen sie uns voraus

setzen,

setzen, Kronwill seye der Rechtschaffene, für den sie ihn halten! Aber es giebt doch leider Nachsteller der Unschuld, die mit ihrem geborgten weisen Schleyer fast stärker, als der wirklich Tugendhafte glänzen, die Redlichkeit blenden und hintergehen. Diß sind unstrittig ihre fürchterlichsten Feinde, da man sich ihnen sicher vertraut und sorglos überläßt.

Charlotte.

Fluch des Himmels wird diese in Schafskleidern versteckte Raubthiere treffen, die unter ihren stillen Mitbürgern im Dunkeln würgen. Die Thränen, die Seufzer der gestürzten Unschuld werden ihre Todesstunde zur Hölle machen, den lasterhaften Geist, noch eh' er die Werkstätte seiner Lüsten verläßt, mit der Pein der Verworfenen foltern!

Fr. von Palmheim.

Dein Urtheil ist fürchterlich, aber gerecht (zuhelm) Kronwill ist wirklich das passendste Original zu ihrer getreuen Copie. Ein Glück, daß sie ihn früh genug entdeckten.

von Helm.

Vielleicht erstreckt sich ihr Argwohn zu weit; Er hatte in manchen Dingen, nach dem Aeusserlichen zu urtheilen, das vortheilhafteste Ansehen der Aufrichtigkeit.

Charlotte.

Nicht nur das Ansehen. Sie ist seiner Seele wesentlich, die alle Verstellung und Laster verabscheut.

Fr.

Fr. von Palmheim.

Wie? du vertheidigst noch immer einen Bösewicht, dessen schlechte Handlungen ihn unmöglich verkennen lassen.

Charlotte.

Ich wär' ihrer und meines Daseyns unwürdig, wann ich die Unterdrückung der mir bekannten Tugend gleichgültig anhören könnte, oder ich müßte selbst zur Rotte der Lasterhaften gehören — Ihrer sorgfältigen Erziehung Schande machen.

von Helm.

Geben sie Beede etwas nach, bis sich Kronwills Vergehen deutlicher aufkläret — Sie gnädige Frau! halten sie bis dahin ihre gerechte Rache zurück, und sie, Fräulein! trauen dem unpartheyischen, mütterlichen, erfahrungsvollen Blick mehr, als ihrem von der süßen Leidenschaft umnebelten Aug.

Charlotte.

Ich dachte, Kronwill sey ihr Freund —

von Helm.

So lang' ich ihn Schuldloß finde. Aufrichtigkeit und Heucheley sind unversöhnliche Feinde, und es sollte mir leid thun, ihn unter der Fahne der letztern zu finden.

Charlotte.

Ich steh' ihnen dafür, daß er ein ächter Verehrer der erstern ist. Bleiben sie also sein Freund, und helfen sie mir uneigennützig den beleidigenden Argwohn
meiner

meiner Mutter zerstreuen, der Kronwills redliches Herz durchschneidet. Die Natur kennt keinen fürchterlicheren Schmerzen, als unschuldig unter verworfene Sclaven des Lasters gerechnet — mit ihnen verdammt zu werden.

Fr. von Palmheim.

Und kein Verbrecher verdient härtere Strafen als der Heuchler, dessen Linke schmeichelt, um mit der Rechten zu morden. Deinem in Freundschaft und Liebe eingehüllten Kronwill entblößte man die Brust, ohne zu besorgen, daß er mit dem verborgenen Dolch desto gewisser treffen würde.

Charlotte.

Liebste Mamma —

Fr. von Palmheim.

Schweig! Willt du mich noch mehr aufbringen?

Charlotte.

Herr von Helm! vergessen sie ihren Freund? Wissen Sie kein Wort mehr zu seiner Vertheidigung, da man mich nicht hören will?

von Helm.

Gnädige Frau —

Fr. von Palmheim.

Auch sie hör' ich nicht mehr an, wann sie ihn vertheidigen wollen, da mir alles so klar vor Augen liegt. Haben sie noch einige Achtung für mich, so helfen sie mir den Starrkopf dieses liebetrunkenen Mädgens zurecht rechte setzen, sie in die Schranken der kindlichen Ehrfurcht zurücke führen!

von Helm.

Es ist nicht Eigensinn, sondern warme rühmliche Hochachtung der Tugend. Diese wird sich bey Entlarvung des Betrügers gewiß in Verachtung verwandeln, da man Laster und Tugend unmöglich zugleich verehren kann.

Charlotte.

Wahr — aber nur viel zu persönlich. Sollten sie Theil an dem Verdacht meiner Mutter nehmen? —

von Helm.

So lang ich Kronwilln meiner Freundschaft würdig finde, sollen mir alle Pflichten gegen ihn heilig seyn; Sie und ihre Frau Mutter haben den nemlichen Anspruch auf diese. Ich bin daher bis zur Entwickelung der Sache verbunden, die Mittelstraße zu beobachten, um keinen Theil zu beleidigen. Wär' ich doch an diesem unglücklichen Tag gar nicht hieher gekommen!

Fr. von Palmheim.

Unwürdige! Dein Unsinn geht so weit, daß er einen Rechtschaffenen um eines Betrügers willen beleidigt — Reitze mich nicht —

Charlotte (zu Helm.)

Verzeihen sie meiner gekränkten Liebe! Sie wissen daß diese, was nicht gerade für sie spricht, gemeiniglich für Feindseligkeit erklärt. Verzeihen sie! ich werd' in Zukunft behutsamer handeln.

von Helm.

Wie empfindlich würd' es mich betrüben, wann nur die geringste ihrer entzückenden Hofnungen scheitern, Kronwill nicht der Mann seyn sollte, sie zu erfüllen.

Fr. von Palmheim.

So kenn' ich doch das Muster, dessen wahre Schönheit der Heuchler äusserlich nachäffete. Hier Charlotte steht der einige Mann, der deinen Schattenbildern von Glückseligkeit die Wirklichkeit zu geben fähig ist, wann er anderst das für dich empfindet, was dir Kranwill aus Eigennutz vorlog:.

Charlotte.

Meine Mamma! — Sie vergessen sich und mich — Gott wie verächtlich! —

Fr. von Palmheim.

Nein! ich rede mit gutem Bedacht, und du — halt! Eben fällt mir Johann ein — ich werde bald wieder zurückkommen.

Dritter Auftritt.

Charlotte. von Helm.

Charlotte.

Ums Himmels willen! Was müssen sie von meiner Mutter denken? Ists möglich im Toben der Leidenschaft allen Wohlstand so weit zu vergessen — Mich gleichsam — ich erröth' es zu sagen.

von Helm.

Beruhigen sie sich Fräulein! die scheinbare unerwartete Aufklärung aller boßhaften Täuschungen fodert die Rache ihrer Frau Mutter auf. Darüber vergißt sie, in der ersten Aufwallung, beynahe den eigentlichen Zweck ihrer Hieherreise. Reden sie in ihrer Gegenwart weniger von ihrem Geliebten, am wenigsten zu seiner Rechtfertigung, diß würde die Hitze der aufgebrachten Frau immer vergrößern. Sie können sich ja inzwischen bey mir schadlos halten, ihre zurückgehaltene Empfindungen in die Seele ihres Freundes ausgiesen. Unterdessen klärt sich alles von selbst auf, und sie gewinnen in jedem Fall. Ist Kronwill unschuldig, so verliehrt sich der Haß ihrer Frau Mutter von selbst. Ist er schuldig, welche glückliche Entdeckung für sie? Dann werden sie ihn selbst hassen, und ein Würdigerer wird ihnen allen Verlust ersetzen.

Charlotte.

Ach Gott! Ich seh' es voraus — wann Palmheim nicht in die Welt zurücke kehrt, so muß der unschuldige Kronwill ein Verräther seyn, wann er auch ein Engel wäre.

von Helm.

Wann diß ist, so muß sie mir unbekannte Gründe haben, ihn zu verdammen. Ohne diese könnte sie unmöglich so aufgebracht seyn. Ueberlegen sie diesen Gedanken ernstlich — Bald nöthigt er mich selbst wider meine Neigung an seiner Rechtschaffenheit zu zweifeln. Ihre Frau Mutter ist scharfsinnig, aufmerksam, listig genug, jeden Betrug zu entdecken. Keinen schlimmen Gedanken möcht' ich in ihrer Gegenwart denken, ich müßt' immer besorgen, daß sie ihn in meiner Seele lesen — mich beschämen würde —

Charlotte.

Könnte sie diß, so müßte sie auch Kronwills herrlichen Carakter verehren, sich nicht durch elenden Schein blenden lassen. Sein großmüthiges, gemäßigtes Betragen macht mir ihn so unendlich schätzbar, daß alle meine Zärtlichkeit nie Belohnung genug dafür ist.

von Helm.

Erniedrigen sie den Werth eines so unschätzbaren Gutes nicht! wann er ihre Engelsliebe ganz verdient, ganz erwiedert — allein —

Charlotte.

Wozu diß dolchmäßige Allein?

von Helm.

Verzeihen sie! Man sagt der Gott der Liebe habe blöde Augen, und tägliche Erfahrungen rechtfertigen die allgemeine Sage.

Charlotte.

Diß mag oft genug wahr seyn, wann sich nicht, wie bey mir, die gegenseitige Neigung auf wahres Gefühl der Tugend gründet.

E *von*

von Helm.

Auch diß ist die gewöhnliche Modesprache mancher Verliebten — Ein neuer Beweiß —

Charlotte (etwas hitzig.)

Und können sie dann an Kronwilln etwas mit Grund aussetzen?

von Helm.

Fräulein! Er ist mein Freund. Noch heißt mich Vernunft schweigen, wann schon Menschenliebe — Freundschaft für sie — bloße Freundschaft —

Charlotte.

Nur heraus mit der Sprache! Wann sie auch mein Freund sind.

von Helm.

Vielleicht hat man mich betrogen. Denken sie nicht mehr daran!

Charlotte.

Beynahe: machen sie mich unruhig — Ich bitte sie.

von Helm.

Wann es als ein Geheimniß mit ihnen ersterben soll.

Charlotte.

Ganz gewiß.

von Helm.

Vor einer Viertelstunde traf ich ihren alten Johann an. Dieser wollte in seiner Einfalt der Frau Mutter eben die Nachricht bringen, daß Kronwill nach der Carthause gelaufen seye, um sich wahrscheinlicherweise mit Palmheim zu unterreden, sich heraus zu wickeln, damit

damit ihre Frau Mutter nicht noch mehr aufgebracht
würde. Ich hielt ihn zurück und drang in ihn, mir
alles redlich zu sagen, was er von der ganzen Sache
wüßte. Endlich sagt' er: Beede hätten auf ihrer Hieherreise immer französisch gesprochen, Kronwill seye
ausserordentlich aufgeräumt gewesen — Hier aber hätten sie einen heftigen Wortwechsel mit einander gehabt, so, daß er im Begrif gewesen seye, seinem Herrn
zu Hülfe zu kommen. Hierauf wär' ihr Bruder, wie
ein Bliß, voll Aerger, zur Thüre heraus gefahren, und
nach der Carthause gegangen. Kronwill sey' ihm
einige Minuten darauf gefolgt, aber schnell wieder
zurück gekommen, und hab' im Hereingehen voll Zufriedenheit gelächelt — Nun nehmen sie diß alles zusammen, so klärt sich vieles auf.

Charlotte.

In diesem allem find ich nichts Verdächtiges. Auf
der Herreise wußt' er nichts von meines Bruders
Vorhaben, und suchte seine Melancholie zu zerstreuen.
Hier sagt' ihm Palmheim seine Klostergrillen, darüber
zankten sie sich. Er that sein möglichstes ihn abzu-
halten, kam zurück, und verbarg seinen Verdruß vor
neugierigen Gesichtern — Daher sein Lächeln. —
Herr von Helm! verzeihen sie mir, wann ich mich
irre. Aber mich dünkt, sie mischen in alle ihre Erzeh-
lungen so viel argwöhnisches Gift, welches schnell ein-
bringt, und bey Unvorsichtigen fürchterlich wirkt.

von Helm.

Sagt' ich nicht: Liebe ist blind und haßt alle sehende, von Leidenschaften freye Freunde, die ihr in Gefahr nicht nach ihrem Geschmack rathen. Hätt' ich geschwiegen, oder, ich sags noch einmal, wär' ich doch in der unglücklichen Stunde hier nicht abgestiegen! wie vielen Aerger hätt' ich mir verhütet.

Charlotte.

Nur nicht so unwillig! Ich setzte ja voraus, daß ich mich irren könnte, bat sie vorläufig um Vergebung. Sie selbst müßten mich verachten, wann ich bey solchen Nachrichten gleichgültig bliebe.

von Helm.

Ihr Eifer für Kronwills Ehre ist Anbetens werth. Nur lernen sie bey dieser Gelegenheit, redliche aus reiner Seele fließende Warnungen, von niederträchtigen Verleumdungen unterscheiden. Meine fernere unermüdete Bemühungen in dieser Sache werden sie von meiner ächten Freundschaft unwiderstehlich überzeugen.

Charlotte.

In diesem Augenblick können sie mir einen Beweiß davon geben, und sie würden mich ihnen unendlich verpflichten.

von Helm.

Wie? Womit? ohne alle Umstände!

Chatlotte.

So unbedeutend alles auch ist, was Johann meiner
Mut=

Mutter sagen kann, so fürcht' ich doch, es möcht' ihre Wuth vergrößern. Wollten sie ihn nicht zu mir bringen, oder ihm selbst einstweilen ein gänzliches Stillschweigen auflegen.

von Helm.

Sie schenken mir ihr Vertrauen wieder! diß ist genug mich zu allem zu bringen. Ihr Wunsch soll in diesem Augenblick erfüllt werden.

(geht ab.)

Vierter Auftritt.

Charlotte. (anfänglich allein) bald darauf Fr. von Palmheim. (die den Johann halb wüthend hineinschleppt.) von Helm.

Charlotte.

Gott! muste dann Palmheim gerade meinen redlichen Kronwill so unglücklich in seine schwermüthige Unternehmungen verwickeln! Alle Gründe haben keinen Eindruck auf das aufgebrachte Gemüth meiner Mutter machen, wann ihr Sohn seinen Entschluß nicht ändert — Himmel! da kommt sie mit Johann —

Fr. von Palmheim.

Hah! willt auch du die Erfahrung durch dich bestätigen, daß nur eine schlechte Seele die Vertheidigung einer noch schlechtern übernimmt — An dir soll ich eine solche Schlang' erzogen haben — (Charlotte weint sehr

sehr und Johann bebt.) Rede Kerl! Rede! sag' ihr was für ein Scheusal Kronwill ist!

    Johann. (äußerst furchtsam)

Ich hab' — ihnen ja — schon gesagt — alles, was ich — weiß.

    Fr. von Palmheim.

Ihr, ihr selbst sollt' du es wiederholen. Dir wird sie es vielleicht eher glauben, da die Unnatürliche das sorgfältige Herz ihrer Mutter verkennt. Hörst du nicht! Ihr selbst sollt du es sagen — (Johann wischt sich den Schweiß ab.)

    von Helm. (bey Seite)

Der verdammte Kerl! Erstechen möcht' ich ihn —

 Charlotte. (fällt vor ihrer Mutter auf die Knie)

Liebste, beste Mamma! kommen sie doch zu sich selbst! Ihre Wuth tödet mich — Kann ihre Tochter, die sonst ihre ganze Hofnung, ihr Trost war, sie nicht erweichen?

    Fr. von Palmheim.

Eine Ungehorsame kanns nicht.

    Charlotte.

Ach Herr von Helm stehen sie mir bey, helfen sie mir die Liebe meiner Mutter wieder erkämpfen — sie besänftigen —

    von Helm.

Gnädige Frau! Sie verfahren zu hart mit dem Fräulein. Strafen sie nicht die Unschuldige mit dem Schuldigen!

         Char=

Charlotte. (vor sich.)

Welche verrätherische Vorbitte!

Fr. von Palmheim.

So bald sie wieder Kind wird, werd' ich Mutter seyn, wo nicht — ihr Tyrann — werd' ihren Ungehorsam aufs fürchterlichste bestrafen (zu Johann) du kannst gehen, bis ich dich wieder holen lasse. Helm! was soll ich mit dem widerspenstigen Mädgen anfangen? Soll ich sie in ein Kloster sperren, bis sie ihren verliebten Taumel verschlaffen hat — oder wissen sie ein noch wirksamers Mittel zu ihrer Genesung? —

Charlotte.

Bloßer Verdacht, wann er auch sehr scheinbar wäre, kann den heiligen Vertrag unserer Herzen nicht trennen. Beweise, unumstößliche Beweise seiner Treulosigkeit werden erfodert. Meine Handlungen können sie zwingen, aber diß Herz nicht, das ich mit ihrer eigenen Bewilligung dem besten Manne schenkte — dem können sie es ohne überwiegende Gründe nicht entreissen — wann sie nicht —

Fr. von Palmheim.

Du unterstehst dich noch zu pochen!

Charlotte.

Dafür bewahre mich der Himmel! Ich verehr' ihr mütterliches Ansehen. Nur diß bitt' ich: Mißbrauchen sie es nicht, vom schändlichen Argwohn hintergangen — machen sie mich nicht auf mein ganzes Leben elend!

Fr. von Palmheim.

Sieh doch den verdammten Eigensinn!

von Helm.

Liebstes Fräulein! widersetzen sie sich ihrer Frau Mutter nicht. Ihre Absichten sind unverbesserlich. —

Charlotte.

Voll Entsetzen seh' ich, daß man meinen Untergang geschworen hat, und Sie sind ein Mitverschworner! Verstellen sie sich nicht länger unter der ihnen so unbequemen Masque des Freunds. Nun kenn' ich sie, und werde sie ewig verabscheuen!

Fr. von Palmheim.

Schändliches Geschöpfe! Gehe mir aus den Augen!—

(Charlotte geht die Hände ringend ab.)

Fünfter Auftritt.

Fr. von Palmheim. von Helm.

Fr. von Palmheim.

Das Mädgen schwärmt! Nur diß läßt mich noch ihre gütige Nachsicht hoffen. An meinem Willen ihnen Genugthuung zu schaffen, soll es nicht fehlen.

von Helm.

Hievon sprechen sie gar nicht! Ihre Güte hält mich für alles Schadlos. Wann das Fräulein zu sich selbst kommt — überzeugt wird — so wird es mit Beschämung alles bereuen — doppelt gut machen.

Fr.

Fr. von Palmheim.

Bester Mann! Sie ihr Vertheidiger —? Möcht' ich doch im Stand seyn, ihre vortreffliche Tugenden nur einigermassen zu belohnen! Möchten sie die Neigung wirklich für meine Tochter fühlen, welche Kronwill aus Eigennuz log! dann hätte mein schwaches Alter eine mächtige Stütze —

von Helm.

Sie urtheilen allzu vortheilhaft von mir. Und wie? Wann ich ihre Aeusserungen für Ernst aufnähme, sie bey ihrem Versprechen fest halten wollte — Würden sie nicht bestürzt zurücktretten?

Fr. von Palmheim.

Meine Lage macht mich wirklich zu aller Schmeicheley unfähig. Sie haben mein Wort und geben mir die herrlichste Gelegenheit, mich an dem Verräther zu rächen, und Charlotten so glücklich zu machen, als es eine Person in dieser Welt seyn kann. Bleibt es ihr Ernst?

von Helm.

Freylich lockt mich das Betragen des Fräuleins nicht im mindesten, ja ein anderer würde von Beleidigungen sprechen, der nicht, wie ich, weiß; daß das beste Herz durch Kronwills feine Verstellung geblendet, eben deßwegen die wahren Vorzüge der Tugend verkennet — daß diese Verblendung bald aufhören muß. In dieser festen Ueberzeugung, nehm' ich ihr gnädiges Anerbieten mit unterthänigem Dank an, und schätze mich

mich glücklich, der Schwiegersohn einer so vortrefflichen Frau zu werden.

Fr. von Palmheim.

Herrlicher Mann! Centnerlasten heben sich von meiner Brust. Nun zähl' ich dreyfach auf ihren gütigen Beystand, auch meinen Sohn zu retten.

von Helm.

Mit meinem Blut, wann es nöthig ist. Aber Kronwill kann uns noch schlimme Händel machen. Sie wissen, daß ein Bösewicht das Aeusserste wagt, um seine Absichten zu erreichen. Ihre leichtgläubige, sichere, unschuldige Kinder beurtheilen ihn noch immer nach seinem gestohlenen Engelsglanz, und sehen den Belial nicht unter der Lichtsgestalt.

Fr. von Palmheim.

Mein Betragen wird ihn bald entfernen, und meine verblendete Kinder sollen mir warlich keinen Eingriff in meine mütterliche Rechte thun.

von Helm.

Alles gut! Hielten sie es aber nicht für das Sicherste, wann man dem Fräulein gar keine Unterredung mehr mit ihrem Verführer gestattete, ihm beybrächte, daß ihn Charlotte wegen ihrem Bruder durchaus nicht mehr sehen wolle?

Fr. von Palmheim.

Sie haben Recht! Er soll sie nicht mehr sehen, bis sie mit ihnen durch unauflößliche Bande vereinigt ist.

Gleich

Gleich will ich zu ihr gehen, sie zwar mit Güte behandeln, aber ihr dennoch zugleich meinen unabänderlichen Willen ankündigen. Widersetzt sie sich, so bleibt sie bis auf den Abend im Nebenzimmer eingesperrt, und bey Hause giebts schon Mittel —

(sie will abgehen) von Helm (bietet ihr den Arm.)

Ich werde die Ehre haben, sie bis an ihr Zimmer zu führen.

Sechster Auftritt.

Johann, der für der Thüre gelauert hat, und nun herein tritt, nachdem Helm mit Fr. von Palmheim abgegangen ist.

Johann (allein.)

Himmel! ich weiß vor Angst nicht, wo ich mich hin verkriechen soll! So abscheuliche Folgen hat meine Treulosigkeit gegen die beste Menschen, die mich, so lang ich sie kenne, mit Wohlthaten überhäuft haben. Die arme Charlotte! wie sie weinte und die Hände rang, indem sie nach ihrem Zimmer gieng! Sophie, die beste Frau, schmachtet als eine Gefangene in dem Schloß des Satans, dieser will der Erzbösewicht das Leben nehmen, und wer ist das Werkzeug dazu als ich. Es ist nicht anderst möglich — alle Seufzer dieser Unglücklichen müssen zum Himmel steigen, und

von

von da schwer auf mein Gewissen herabstürzen, so wie ein großer Stein desto schwerer auffällt, je höher der Berg ist, von dem er sich herabwälzet. Gott! was ist aus mir geworden — Ein Räuber, dann ein Mordbrenner, dann ein Mörder — Ein Bösewicht sonder gleichen. Himmel! wo soll ich hin — Fliehen? — Menschen können — werden mir nicht vergeben. Schweigen kann ich nicht, und red' ich, so ermordet mich der Bösewicht, noch eh' ich meine himmelschreiende Laster gebüsset habe. Fort will ich — nach Jerusalem wallfarthen, und dort, wann es möglich ist, Vergebung meiner Sünden holen, wo sie für die ganze Welt erworben wurde. Könnt' ich nur noch einen Theil meiner Verbrechen vorhin gut machen. Ich will sogleich alles mögliche versuchen.

(geht ab.)

Vierter Aufzug.

Erster Auftritt.

Palmheim. Kronwill.

Palmheim.

Sie sehen, daß ich alles für sie thue, was mir nur möglich ist. Aber wo ist dann meine Mutter und Schwester. Auch Helm und mein Bedienter sind weg —

Kronwill.

Wo werden sie seyn, als auf dem Zimmer ihrer Mutter, um mich vollends zu verdammen? Sie mußte nothwendig doppelt aufgebracht werden, da sie sich nicht einmal vor ihr sehen liessen — alle kindliche Ehrfurcht aus den Augen sezten. Charlotten ließ sie gar nicht mehr sprechen. Von Helm wirds eben so gehen. Kurz nichts wird ihrer Rache Einhalt thun, wann sie nicht meiner leßten freundschaftlichen Bitte Gehör geben.

Palmheim.

Ihre Ehre und das Vertrauen meiner Mutter will ich wieder herstellen. Aber über mein Zurücktretten verliehren sie kein Wort mehr. Sie waren ein verdrießlicher Zeuge von der ganzen Berichtigung meiner Aufnahme ins Kloster. In weniger als einer Stunde werd'

werd' ich in aller Stille eintretten, und sogleich ohne Probzeit Profeß thun, weil ich mit voller Gewißheit weiß, daß dieser Stand für mich der angemessenste ist.

Kronwill.

Diß heißt: Sie wollen mich und ihre Schwester, vorsetzlich, zu Schlachtopfern des rasenden Zorns ihrer Mutter machen — zwey Personen auf einmal in unabsehbaren Jammer stürzen, zwey Personen, welche Blut und Freundschaft berechtigt, ihr Glück aus ihren Händen zu fodern, die ihr Leben willig für sie hingeben würden — Sie, ehemals ein fühlender Menschenfreund, ein feuriger Vertheidiger der Unschuld, wollen Schwester und Freund verderben — Palmheim soll ich sie noch lieben oder verabscheuen, sie segnen oder ihnen fluchen? —

Palmheim.

Welch ein ausschweifender Eifer!

Kronwill.

Nicht so ausschweifend als ihr Eigensinn, der mir Ruhe und Ehre unwiederbringlich raubt. Meine ganze Tugend stellen sie der Verachtung guter und schlechter Menschen bloß. Diese spotten meiner, und jene halten mich für einen Verbrecher. Ja sie töden die Redlichkeit und ermorden die Unschuld. Für wen soll ich sie halten?

Palmheim.

Für ihren unveränderlichen Freund, der, wann auch alle ihre eingebildete Uebel wirklich wären, dannoch immer die unglückliche unschuldige Ursache bliebe. Sie wissen ja die Gründe vollständig, die mich aus der Welt vertreiben. Ich will sie nicht wiederholen, dann sie haben sie noch nicht entkräftet. Nun ists Zeit, daß ich die Absicht, warum ich sie mit hieher nahme, ausführe. (zieht einen Pack Papiere aus der Tasche) Hier übernehmen sie diese Urkunden. Die Beylage bestättigt meinen Willen, setzt sie in den Besitz aller meiner Güter ein — Nehmen sie es als einen kleinen Beweiß meiner Liebe an, und seyn sie mit meiner Schwester glücklich!

Kronwill.

Wie? Ihr Vermögen — bey allem, was heilig ist, schwör' ich, davon nehm' ich keinen Heller an. Der elende Quark würde mir ihre Schwester nur halb so werth machen. Lebenslänglich würde mir der entfernteste Schein von Eigennutz meine ganze Ruhe vergiften. Charlotten, nicht ihre, nicht ihres Bruders Reichthümer bet' ich an, und in dieser Gestalt müssen mich alle, die mich kennen, sehen, oder ich bin unglücklich —

Palmheim.

Edelmüthiger Freund, würdiger Gemahl meiner glücklichen Schwester! So sagen sie mir nur, was ich im Kloster bey meinen wenigen Bedürfnissen mit meinen Gütern anfangen soll.

Kronwill.

Das, wozu sie ihnen die Vorsehung geschenkt hat!

Zwey

Zweyter Auftritt.

Die Vorigen. von Helm.

von Helm (im Hereintretten vor sich.)
Daß ich doch den verteufelten Kerl nirgends finden kann. (zu Beeden) Wie gut ists, daß ich sie hier finde, ehe sie mit ihrer Frau Mutter sprechen, hoffentlich ists noch nicht geschehen? Kaum kann ichs ausdrucken, wie ausschweifend zornig sie, besonders über Kronwilln, ist. Allem bot' ich auf, sie mit ihr auszusöhnen — legt' ihr Gründe über Gründe, ihren ganzen edlen Caracter vor, verglich alles mit der faden Beschuldigung, zeugte aufs überzeugendste, daß mein Kronwill platterdings unfähig zu einer solchen Niederträchtigkeit seye, bat, trotzte, flehete — alles umsonst — Schon lange wär' ich vor Aerger hier weg, wann mich meine Freundschaft für sie nicht zurückgehalten hätte.

Palmheim.
Dieser wüthende Zorn gegen Kronwill ist mir unbegreiflich, vorhin verehrte sie ihn fast wie einen Abgott.

Kronwill.
Eben diß, ihr ganzer Abscheu, statt der grösten Hochachtung, macht mir meinen Verdruß desto unerträglicher. Crösus kann nicht so viel empfinden, wann er in einem Augenblick znm Jrus wird, als ich.

von Helm.

Es widerspricht ja aller Vernunft, der ganzen Natur der menschlichen Seele. Der Tugendfreund kann ausglitschen, aber nicht auf einmal in den Abgrund des Lasters sinken. Der freygebigste Wohlthäter seiner Mitbrüder kann unmöglich auf einmal in einem so abscheulichen Grad ein Geitzhals werden, daß er Freunde und Gewissen verkauft, um die ihm kurz vorhin wiedernatürliche Begierde zu sättigen —

Palmheim.

Haben sie meiner Mutter diß alles vorgestellt?

von Helm.

Alles und noch weit mehr. Ich führte, sie zu überzeugen, einige glänzende Beyspiele, seiner verborgenen Freygebigkeit — seiner ausserordentlichen Menschenliebe an, die überfliessender Dank, mir wider den Willen dieses wohlthätigen Mannes verrathen hatte. Aber vergeblich — mein dringendes Zureden zog mir endlich gar den Vorwurf zu: Sind sie auch von seiner Bande? —

Palmheim.

Ists möglich, daß Zorn meine Mutter in eine Rasende verwandelt. O Kronwill! redlicher Kronwill! wie schmerzt mich das häßliche Betragen, welches sie von meiner Mutter erdulten müssen!

Kronwill.

Sie heucheln Palmheim!

F Palm-

Palmheim.

Sprechen sie im Ernst?

Kronwill.

Ja — und die Warheit. So beklagt der Meuchelmörder sein Opfer, und drückt im Klagen den Dolch immer tiefer in die Brust. Sagen sie mir nichts mehr von Liebe, von Mitleiden, von Freundschaft — diese geheiligte Namen werden in ihrem Munde vergiftet.

von Helm (bey Seite.)

Besser könnt' es nicht gehen, als wann sie sich noch gar entzweyten.

Palmheim.

Lebt dann noch ein elender Geschöpf als ich? Verfolgt von Sophiens Schatten — von meiner Mutter — verabscheut von meinem Freund — Ist noch ein größerer Jammer möglich, so treffe, so töd' er mich! (wirft sich in einen Sessel.)

von Helm.

Sie Beede stellen sich alles von der schwärzesten Seite vor. Die aufbrausende Hitze ihrer Frau Mutter wird sich durch vernünftiges Nachgeben, sanftes Zureden wieder legen — Kronwill mit ihr ausgesöhnt werden: Aber Zeit gehöret dazu. Und ich dächte, mein liebster Kronwill, wann sie sich jetzo gar nicht vor ihr sehen liessen, oder lieber völlig abreißten, bis Palmheim sie wieder besänftigt hätte — Er kann alles ausrichten.

Kronwill.

Ich — nein, ich gehe nicht von der Stelle, bis meine Ehre wieder hergestellt ist.

von Helm.

Allein sie werden sich muthwillig ihren Beleidigungen aussetzen, sie vergrößern, ihre Wuth immer mehr reitzen, und eben dadurch die ganze Aussöhnung erschweren, wenigstens verzögern.

Palmheim.

Theurer Kronwill! folgen sie Helmen. Freundschaft und Vernunft sprach aus ihm. Lassen sie mich zuerst allein für sie reden! Ich hoffe, meine Mutter wird der Stärke meiner Gründe, meinem unpartheyischen Zeugnüß weichen müssen.

Kronwill.

Nun sey' es! dem Toben ihrer ersten Wuth will ich ausweichen, aber mit dem Namen eines Verräthers reiß' ich bey Gott nicht ab.

Dritter Auftritt.

von Helm. Palmheim. Bald darauf kommt Fr. von Palmheim.

von Helm.

Und doch wär' es das rathsamste, daß er abreisete. Ich förcht', ich förchte, sie werden sich dermassen aufbrinbringen, daß alle Hofnung zur Aussöhnung verschwinden muß.

Palmheim.

Und ich denke fast, sie betrachten alles mit allzufurchtsamen Augen. Wann auch der gute Kronwill wirklich schuldig wäre, so wäre doch meiner Mutter Betragen übertrieben — Argwohnen, aber nicht wüthen könnte sie —

von Helm.

Wo nimmt sich wohl der, der sich für betrogen hält, von denen betrogen zu seyn glaubt, die ihm Ehrfurcht und Treue schuldig waren, genug Zeit zu reifen Ueberlegungen? Seine erste Leidenschaft ist Rache, und alle übrige vereinigen sich mit ihr.

Palmheim.

Wissen sie nicht, ob meine Mutter auf ihrem Zimmer ist?

von Helm.

Sie war dort, wie ich sie verließ.

Palmheim.

So muß ich sie ohne Verzug sprechen, und meinen lieben Kronwill entschuldigen. (will abgehen, in dem Augenblick aber kommt Fr. von Palmheim, er eilt ihr entgegen) Beste Mutter! ihre Güte kommt mir zuvor. Eben wollt' ich zu ihnen, sie tausendmal um Vergebung zu bitten, daß —

Fr. von Palmheim.

(bey Seite.) Ich muß ihn in der Wärme seiner

Em-

Empfindung auf der schwachen Seite angreifen. (laut) Du denkst also doch noch an deine Mutter! Bald glaubt' ich, du wollest an mir den Anfang machen, die Welt zu vergessen.

Palmheim.

Wann auch Veränderung der Kleidung mein Blut verändern könnte, so würde doch noch immer ein zweytes Wunder erfodert, wann ich meine theuerste Mutter vergessen sollte.

Fr. von Palmheim.

Und eine jede Erinnerung an sie würde deine Beleidigung desto vorsetzlicher, doppelt strafbar machen. Wilhelm! Wilhelm! Undank ist ein fürchterliches Laster — Undank eines Kindes — Hölle und Himmel hat keinen Namen dafür — Er verhärtet das Herz des Wohlthäters gegen andere, würd' auch meine Liebe gegen deine Schwester vermindern, mir immer laut in die zerrissene Seele donnern: Sie wird es nicht besser als ihr Gefühl- und Pflichtloser Bruder machen.

Palmheim.

Wir Beede werden in Ewigkeit nicht vergessen, welch' eine liebevolle Mutter wir haben.

Fr. von Palmheim.

Dein heutiges Betragen und diese zärtliche Sprache der kindlichen Liebe widersprechen sich ein wenig. Doch ich will alles für einen unangenehmen Traum,

F 3 für

für eine unüberdachte Folge deiner Schwermuth halten, wann du nur jetzt deinen Fehler verbesserst, — in meine Arme, in den Schooß der beleidigten Deinigen zurückeilest.

von Helm.

(Bey Seite) Ich muß sie doch zum Schein ein wenig unterstützen (laut). Bester Palmheim! Könnten sie wohl dieser zärtlichen Nachsicht, der einnehmenden Muttersprache widerstehen? Sie können es gewiß nicht.

Fr. von Palmheim.

O mein Sohn! deine Mutter wäre dir weit entbehrlicher, als du mir, und doch könnt' ich dich nicht verlassen. In dir allein fand' ich Verlassene, den lange beklagten Verlust deines Vaters einigermassen ersetzt — liebt' in dir sein Ebenbild (trocknet die Thränen ab) Wilhelm! wann ich dich verlöhre; so müßt' ich ihn zum zweytenmal beweinen, und nichts in der Welt würde mich trösten.

Palmheim.

Beste, zärtlichste Mutter! Sie schmelzen mein Herz.

von Helm.

(Bey Seite) Verfluchter Streich! wann er wieder vernünftig würde!

Fr. von Palmheim.

Mich würdest du ohne Hofnung, Trost- und Hülflos ins offene Grab stürzen — mir die einige Stütze meines grauen Alters muthwillig entziehen. Und dann

dann mußt' ich dich als ein an meinem Busen erzogenes Ungeheuer verfluchen —

Palmheim.

O halten sie inne. Ein vom Sturm zerbrochener Stab wird sie schlecht unterstützen. Seit den vier Jammerwochen mußt' ihnen mein ununterbrochenes Klagen durch ihre mitleidende Seele dringen, all' ihre Ruhe rauben — In der einsamen Zelle werd' ich sie wenigstens nicht beleidigen. Geben sie mir Unglücklichen ihren mütterlichen Segen dazu! Mein unschuldiger redlicher Freund, mein Kronwill wird ihr besserer Sohn seyn —

Fr. von Palmheim.

Ja meinen Fluch sollt du haben, wann du taub gegen die Stimme der Natur bist. Der beleidigte Schatten deines Vaters soll dich Tag und Nacht ängstigen, und die Gerichte des Himmels werden dein Mark verzehren, wann dich das Klagen deiner Mutter nicht rühret.

Palmheim.

Ach! ich lieb' und verehre sie zärtlicher, als je ein Sohn seine Mutter liebte. Aber in diesem endlosen Jammer, da der Anblick eines jeden Frauenzimmers mir den unersetzlichen Verlust meiner Gemahlin ins Gedächtnüß ruft — meine Leiden bis zur Verzweiflung erhöht, werd' ich ihnen unnütze — zur Last — mir zur Folter — In der Einsamkeit hingegen, bin ich wenig-

wenigstens von allen Gegenständen entfernt, die meine Wunden unaufhörlich aufs neue zerreissen.

(Fr. von Palmheim scheint etwas nachzudenken.)
von Helm..

(Bey Seite) Nun geht alles wieder seinen richtigen Gang. (laut) Aber werden sie nicht in der Zerstreuung ihren Verlust leichter vergessen, und endlich einen würdigen Gegenstand finden, der ihre ganze Seele einnimmt, das geringste Andenken ihres Jammers vertilgt.

Palmheim.

Helm! Sie irren sich. Ein zärtlicher Gatte, dem der Tod seine Helfte entrissen hat, ist ein Leib ohne Seele. Diese kommt in der Welt nicht wieder in ihren Körper zurück, und eine andere würde nicht dareinpassen. Für das innige Entzücken einer glücklichen Liebe hat die Sprache keinen Ausdruck, noch weniger aber für die Quaal der Trennung. Nichts tröstet sie, nichts ersetzt ihren Verlust. Thränen und Seufzer — ungestörte Einsamkeit sind ihre einige Erleichterung, bis endlich die wohlthätige Stunde herannahet, welche sie jenseits des Grabs wieder mit dem Gegenstand ihrer Sehnsucht vereinigt.

Fr. von Palmheim.

(Für sich) Ich muß noch einen andern Versuch wagen. (laut) Du hast recht. Wer so glücklich war, dem bleibt sonst nichts übrig. War dann aber
auch

auch Sophie so ganz die Deinige, wie du der Ihrige? Giebts nicht starke Flecken, die man im ersten Taumel der Liebe völlig übersieht, ungeachtet sie ein gleichgültiges Aug ohne Müh' entdeckt, die offenbarste Untreu darin erkennt? Wie oft finden sich glückliche Nebenbuhler? oder man nimmt sie als Herzensfreunde auf, sie erhalten unter dieser Larve den ungestörten Zutritt, erreichen ihre schändliche Absichten, und die verehlichte Buhlschwester befördert sie unter den scheinbarsten Erdichtungen —

von Helm.

Ja, gnädige Frau! diese Bemerkung ist eben so richtig, als leider nur zu oft zutreffend. Ich selbst könnte Beweise geben, wie vielfältig man von jungen Gemahlinnen zur Sättigung ihrer Lüste aufgefodert wird. Der Redliche schweigt, um eine Ehe nicht unglücklich zu machen, der betrogene Gemahl erfährt in seinem ganzen Leben nichts davon, und glaubt beym Tod einer Lasterhaften, den unersetzlichen Verlust der himmlischen Tugend zu beweinen.

Fr. von Palmheim.

Nun was denkst du hievon?

Palmheim.

Daß es, dem Himmel sey Dank! noch immer würdige Ausnahmen giebt, daß meine Sophie unter diese gehörte, daß ihr Herz, ein Heiligthum, ganz

mein

mein war, und sich eher selbst würde aufgeopfert, als mich hintergangen haben.

Fr. von Palmheim.

Diß glaubst du. Allein du wirst doch dem Zeugniß meiner gesunden Sinnen nicht widersprechen. Hört' ichs nicht selbst, daß sie verführerische Schmeicheleyen von einer gewissen Person sehr gefällig aufnahm, noch mehr — sie mit buhlerischen Blicken und vielbedeutendem Lächeln beantwortete, — dem Seladonchen heimlich die Hand druckte — wann ich — doch diß ist schon genug. Vielleicht war ihr unglückliches End' eine verdiente Straf' ihrer Untreue. Freylich verdient sie nun, daß man aus Verzweiflung über ihren Tod in eine Kutte kriecht, Mutter und alle Verwandte verläßt, und sich zu tode härmt. Ha! ha! ha! wozu doch unsere neuere Don Quixote fähig sind.

Palmheim.

Ists möglich, meine Mutter! daß sie, meine Absichten zu zerstöhren, die giftigsten Verleumbungen über die Unschuld eines Engels ersinnen. Mitleidig muß Sophiens seeliger Geist über sie seufzen.

Fr. von Palmheim.

Ists doch zum tolle werden! Der wirkliche Hahnrey wills nie seyn, der Eingebildete setzt Himmel und Erde in Bewegung, um es gerichtlich zu werden.

Palmheim.

O Sophie! Reine, Heilige! verzeih' ihr den abscheu=

ſcheulichen Mißbrauch der mütterlichen Sorgfalt, der Liebe für ihren Sohn! Verzeih ihr die Läſterung deiner unbefleckten Tugend. Dein thränender Gemahl bittet für ihren Irrthum.

Fr. von Palmheim.

Biſt du dann ganz deiner Sinnen beraubt — bald wirſt du ſie, wanns auf dich ankommt, ſeelig ſprechen laſſen.

Palmheim.

Sie iſt ſeelig, fühlt nicht, was ich, bey den ſchwarzen Kunſtgriffen, wodurch ſie meinen theils nöthigen, theils frommen Entſchluß zu zernichten ſuchen. Wann es möglich wäre, daß in ihrer Erdichtung nur der kleinſte Umſtand für mich das Gepräge der Warheit hätte, ſo würd' es für mich ein neuer deſto ſtärkerer Grund ſeyn, die falſche Welt zu verlaſſen. Aber nein! die Heilige iſt rein — unſchuldig von meiner Seite geriſſen worden. Ich kannte die geheimſten Gedanken ihrer Seele, und ein jeder war Liebe, unausſprechliche Liebe für mich. Wiederrufen ſie ihre abſcheuliche Beſchuldigungen, und ſagen ſie aller Welt: daß Sophie die beſte, die treuſte, zärtlichſte Gattin war.

Fr. von Palmheim.

Und was noch mehr — daß du ein Milzſüchtiger — ein Schwärmer — ein Narr biſt.

Palmheim.

Zwingen ſie mich nicht die kindliche Ehrfurcht zu ver=

vergeſſen. Wann diß ein anderer — (knirſcht mit den Zähnen, und geht ab.)

Vierter Auftritt.

von Helm. Fr. von Palmheim.

von Helm.

Gnädige Frau! Diß muß ihnen durch die Seele gehen! Ihre ganze mütterliche Liebe fühlt der Fanatismus ihrer widerſpenſtigen Kinder nicht, und Beede verdarb Kronwill. —

Fr. von Palmheim.

(Raſend) Sie ſollen es fühlen — Wie eine Löwin, der man ihre Jungen raubte, will ich gegen ſie wüthen. Sie ſelbſt rauben ſich mir — Könnt' ich nur ihren Verführer zugleich mit ihnen zerreiſſen. Möchte doch noch immer die meiner unwürdige Tochter zu Grunde gehen! — Aber mein verruchter Sohn — der letzte Zweig eines ſo alten ſo berühmten Hauſes, reißt ſich ſelbſt muthwillig vom Stamm, der durch ihn wieder aufs neue blühen — ſich verbreiten konnte — Vater, Großvater und ihr alle ſeine faſt unzehlbare Ahnen! erſcheinet ihm, verfolgt den Ehrvergeſſenen — werdet ſeine Furien! ſtürzet ſeinen Verführer zur Höllen — Hah! da kommt der ausgezeichnete Böſewicht! geſchwind Herr von Helm führen ſie mich auf

auf mein Zimmer — sein Basilisken Blick tödet mich —

(Gehen eilend auf einer Seite ab, indem Kronwill auf der andern sich nähert.)

Fünfter Auftritt.

Kronwill. (anfänglich allein, bald darauf) von Helm.

Kronwill.

Glaubt sie vielleicht, ich werde mich ewig vor ihr schmiegen — diß könnte nur ein Heuchler mit seinem bösen Gewissen. Schon jetzo sollte sie es erfahren haben, wie muthig beleidigte Unschuld spricht, aber ihre schäumende Wuth hätte so wenig davon gefühlt, als ein Trunkener. Ach! meine himmlische sanfte Charlotte — über dich wird nun der ganze Feuerstrom hinbrausen — deine Thränen wild verzehren! Vielleicht kann dich Palmheim wenigstens in etwas schützen, dann mich würde sie nicht anhören, ja ich würd' alles dreyfach schlimmer machen. Ich will ihn schnell aufsuchen, und auf Charlottens Zimmer schicken.

(Will abgehen, indem kommt Helm.)

von Helm.

Wohin mein Lieber?

Kronwill.

Palmheim will ich schnell seiner Mutter nachschicken, damit sie Charlotten nicht verschlingt.

von Helm.

Diese Mühe ist vergeblich. Er war schon vor ihrer Thüre, allein sie stieß ihn zurück, und das Fräulein ist sicher — sie hat sich ganz dem Willen ihrer Mutter unterworfen.

Kronwill.

Das herrliche Geschöpf bediente sich gewiß dieser List, um eine bequemere Zeit zu meiner Rechtfertigung zu gewinnen.

von Helm.

Diß will ich eben nicht bestimmen, obs List oder Ueberredung ihrer Mutter ist.

Kronwill.

Ach sie kennt mich zu gut, liebt mich zu zärtlich, als daß sie ihre Gesinnungen ändern könnte. Die ganze Hölle würde mir ihr Herz nicht entreissen.

von Helm.

Lieber Freund! voll Wehmuth muß ichs ihnen sagen, daß sie das weibliche Geschlecht nur halb kennen, wann sie dergleichen Schlösser auf die Treue ihrer Geliebten bauen. Mein Gehör müßte mich betrogen haben — aber diß ist unmöglich. Gegen mich allein und dann in Beysehn ihrer Mutter sprach sie von ihnen — was ich nicht wiederholen mag.

Kronwill.

Fast muß ich lachen, daß auch sie sich von ihr blenden lassen. Charlotte hält sie natürlicher Weise vor den Vertrauten ihrer Mutter. Sie Herr von Helm

wollen ein Mädgen Kenner seyn, und vergessen die
allein Frauenzimmer eigene feine List. —

von Helm.

Mein ganzes Herz wünscht, sich geirret zu haben.
Allein Charlottens Eifer — ihre harte Ausdrücke
gegen sie. —

Kronwill.

Hah! Sie wollen mich nur auf die Probe setzen.

von Helm.

Glauben sie, was sie wollen! Mir soll es doppelte
Wonne seyn, wann sie nicht eine nahe traurige Erfahrung von der Richtigkeit meiner Beobachtungen
überführet.

Sechster Auftritt.

Die Vorigen Palmheim.

Palmheim.

Wie fürchterlich hart begegnet mir meine Mutter! —
Kaum hatt' ich mich von dem Sturm, worein mich
die bittersten Beleidigungen geworfen hatten, ein wenig gesammelt, so gieng ich nach ihrem Zimmer. Herr
von Helm gieng eben heraus, und ich wollte meine
Mutter noch einmal sprechen, sie von meines Kronwills Unschuld überführen. Ich poch' an die ver-
schlossene Thüre, diese öfnet sich ein wenig, meine
Mutter blickt mich zornig — voll Verachtung an,
und stößt mich zurück. Da stund ich wie eingewur-
zelt

zelt — einige Minuten ohne Sinnen — Endlich weckte mich die haſtige, ſonſt ſo ſanfte Stimme meiner Schweſter — Er iſt ein niederträchtiger, trouloſer, eigennützíger Betrüger, der mich und ſie hintergeht — meine Unſchuld zu verführen ſucht — Schon lange hielt' ich ihn für einen heimlichen Erzböſewicht — deßwegen ſchmeichelt' ich ihm, wie einem bißigen Hund, dem man etwas hinwirft, ſeinen Zähnen zu entgehen. Voll Zorn wollt' ich hineinſtürzen, dieſe Läſterungen widerlegen — vergaß in der Wuth, daß die Thüre verſchloſſen war, rannte dawider — meine Mutter öffnete ſie noch einmal — ſchlug ſie aber im Augenblick wieder vor der Naſe zu, und nun hört' ich kein Wort mehr.

(Kronwill wirft ſich voll Aerger und Schmerz auf einen Seſſel.)

von Helm.

(Lächelt bey Seit.) Wie herrlich, daß er diß alles und doch keinen Namen gehört hat.

Palmheim.

Ach Kronwill! Ich bin ganz auſſer mir!

(Kronwill ſieht ihn nicht an.)

von Helm.

(Bey Seite.) Ich muß doch die Alte etwas behut= ſamer machen.   (will abgehen.)

Palmheim.

Wohin Helm? Wollen ſie uns in dieſer traurigen Lage verlaſſen?

von

von Helm.

Gott! Ich kann ihren Jammer unmöglich länger ansehen — mein Herz blutet —

Palmheim (umarmt ihn.)

Bester! bleiben sie nur noch einige Augenblicke! Ich möcht' ihnen gar zu gern ein verdrüßliches Geschäft übertragen — wann sie es nur übernehmen wollen —

von Helm.

Fodern sie mein Blut —

Palmheim.

Sie sind vielleicht noch der einige, der den redlichen Kronwill mit meiner Mutter und Schwester aussöhnen kann. Wollen sie es noch einmal wagen?

von Helm.

Warum nicht? Und wann ich auch Beeder Achtung darüber verlöhre, so wird mich der himmlische Gedanke: Du hast der verkannten Rechtschaffenheit gedient: für alles schadloß halten. Was befehlen sie?

Palmheim.

Schwören sie meiner Mutter in meinem Namen bey dem Allwissenden: Daß Kronwill mit mir in die Stadt gefahren, ohne ein Wort von meinen Absichten zu wissen, daß ich ihn selbst durch einen erdichteten Vorwand betrogen, daß er mir, so bald ichs merken ließ, bis auf diesen Augenblick vom Kloster abgerathen, bey dem Verlust seiner Liebe gedrohet, daß er der redlichſte Freund, der würdigſte Schwiegerſohn, der beſte Gatte meiner Schweſter ſey' und ſeyn werde, daß Beede ihn in ihrem Irrthum auf das Schröck=lichſte beleidigt haben, und dieſen Fehler nie wieder gut machen können, wann ſie ihm nicht unverzüglich ihr ganzes Herz, ihre volle Hochachtung und Liebe wieder ſchenken.

von Helm.

Wonne der Seeligen wird es für mich ſeyn, wann ich ihnen ſogleich die Nachricht von dem erwünſchten Erfolg meiner Bemühungen bringen kan. Und für ſie Palmheim ſoll ich gar nichts ſprechen?

Palmheim.

Kein Wort!

Kronwill.

So bleiben ſie hier!

Palmheim.

Eilen ſie mein Beſter! Meine ganze Hofnung ruhet auf ihnen.

(Helm geht ab.)

Kronwill.

Nun ſoll Helm das gut machen, was Ihre raſende Schwärmerey auf ewig verborben hat, wann ſie noch länger taub gegen Vernunft und Freundſchaft blei-ben. Den unauslöſchlichen Haß ihrer Mutter, den Spott der ganzen Welt, die ganze Hölle, die Verach-tung ihrer Schweſter haben ſie mir zugezogen — Könnten diß alles auf einmal, durch die Abänderung ihres hartnäckigen Entſchluſſes heben — und wollen

es

es nicht thun, so sey denn auch die Stunde verflucht, in der ich in ihnen einen Freund zu finden glaubte — aber den verlarvten Niederträchtigen zu meinem Unglück umarmte, der mich zum Opfer seiner schwermüthigen Thorheit, seinen redlichen Busenfreund zum Verbrecher macht. — Stoß' ihn aus betrogenes Herz, und veracht ihn — Ja ziehen sie immer eine Kutte über ihr eingeschlummertes Gewissen, welches den mörderischen Raub meiner Ehre — meiner Ruhe nicht fühlt! Endlich wird es doch erwachen, und unter der Last seiner Verbrechen unaufhörlich winseln.

Palmheim.

O Kronwill! Sie töden mich mit ihren ungerechten Vorwürfen.

Kronwill.

Kein Wort mehr! Ihre Mutter will ich noch einmal sprechen, meine Ehre zu retten suchen, und wann auch diese Bemühung vergeblich ist, ihnen fluchen, und sie ewig meiden.

(Geht ab.)

Palmheim (allein.)

Ach! wann mich nicht ein inneres Gefühl zu Ausführung meines heiligen Entschlusses stärkte — die Vorwürfe — der Verlust meines Kronwills würden ihn zerstöhren. Allein ich kann unmöglich unentschlossen zwischen der Gnade des Himmels und der Liebe meines Freunds wanken. Ist Helm bey meiner Mutter unglücklich — Sophie! theure Sophie! dann wirst

wirst du eine wahre Vampyre und ich — Gott! wer
kann meinen Jammer zählen? Ich muß doch meinen
Johann suchen — auch dieser ist wenigstens im
Stande —

(geht ab.)

Siebenter Auftritt.

von Helm. (anfänglich allein)
Fr. von Palmheim.

von Helm.

Da renn' ich wie ein Thor herum, und suche den
verwünschten henkenswerthen Kerl. Mir ists unbegreiflich, wo ihn der Teufel hingeführt hat — St!
Hier kommt die Alte. Ich soll ja Palmheims Geschäftträger seyn.

Fr. von Palmheim.

Die noch gährende Romanliebe des Mädgens hat
nun Zeit sich abzukühlen. Eben hab' ich sie in das
hinterste Zimmer eingesperrt. Ihr hoffentlich bald
verrauschtes Toben wird doch ihre Gesinnungen nicht
wankend machen.

von Helm.

Im geringsten nicht, gnädige Frau! Charlotte hat
viele die unerfahrne Jugend berauschende Bücher gelesen. Nach diesen entwerfen sich gemeiniglich die
guten Kinder, einen heldenmäßigen Plan zu lieben,

den

den aber Erfahrung und redliche Zärtlichkeit wie Spinnengewebe zerstöhren.

Fr. von Palmheim.

Gut! Meinen nichtswürdigen Sohn hab' ich gänzlich vergessen, seinen Verführer verabschied' ich längst. Weder der eine, noch der andere soll meine Tochter mehr sehen, bis sie die Ihrige ist, damit sie nicht aufs neue angesteckt wird. Nun muß ich nur die gänzliche Entfernung der beeden Bösewichter vollends abwarten. Diese kann sich unmöglich lange verzögern. Den einen wird seine Narrheit und den andern der Aerger wegführen.

von Helm.

Sie irren sich. Kronwill, der Verräther will nicht von der Stelle, bis er ihnen, unter dem Vorwand, seine Ehre zu rechtfertigen, noch tausend Grobheiten gesagt hat, und diese wünscht' ich ihnen zu ersparen.

Fr. von Palmheim.

Es ist gut, daß sie mirs sagen. Er soll mich taub, unempfindlich, voll Verachtung gegen sich finden.

von Helm.

Aber Palmheim wird ihn unterstützen.

Fr. von Palmheim.

Desto süsser wird meine Rache an Beeden seyn.

von Helm.

Gnädige Frau! trauen sie ihrem vortreflichen weichen Herzen nicht zu viel zu. Es wird von Beeden mit Scheingründen, kriechender Schmeicheley, vielleicht mit Trotz bestürmt werden.

Fr. von Palmheim.

Mein Herz ist nur gegen die Tugend weich — dem zur Beschämung abgedeckten Laster ists felsenhart.

von Helm.

Vortrefliche Frau! Ihre standhafte Entschliessungen beschämen tausend Mannspersonen.

Fr. von Palmheim.

Ich bin wirklich nicht im Stand unverdiente Lobsprüche zu beantworten. Hören sie meinen fernern Plan. Sobald die schlechte Seelen abgefertigt sind, fahren wir zurück auf mein Gut. Dort soll sie noch heute ein benachbarter Geistlicher mit meiner Tochter unauflößlich verbinden, und sie tretten sogleich in den Besitz aller Palmheimischen Güter.

von Helm.

Sprechen sie nicht von diesen in meinen Augen so geringen Nebendingen. Gold macht die zärtlichen Tugendhaften nicht glücklich. Möchte nur das gute Fräulein überzeugt, von ihrem Verführer loßgerissen werden! Mein Herz blutet, wann ich an die Gewalt denke, die Charlotte dem Ihrigen anthun muß.

(*Wischt sich eine Thräne ab.*)

Fr. von Palmheim.

Ueberlassen sie sich jetzt nicht zur Unzeit ihrem sonst so herrlichen Mitleid. Charlotte ist ja so gut als gerettet — in der Hand des besten Mannes. Und wann ich sie auch an den Haaren zu ihrem Glück — zum Altar schleppen müßte, so wird sie mir dannoch gewiß bald mit Thränen danken, wann sie ihre wahre Verdienste überzeugen; daß sie Tugend sind, Kron: will ein bloses Gespenst davon war.

von Helm.

Diese einige Vorstellung beruhigt mich: Charlottens Herz wird mir in kurzem selbst entgegen eilen. Sonst könnt' ich ohnmöglich Gewalt zugeben. Bringen sie also immer unsere Verbindung, so schnell als möglich, zu Stande, und dann wird unser dreyfaches Glück auf ewig befestigt seyn.

Fr. von Palmheim.

Diß ist mein sehnlichster Wunsch. Gehen sie einstweilen in dieser Absicht zu den beeden feinen Herren, da erwarten sie mich — ich werde bald nachkommen. Alsdann schleichen sie unvermerkt weg in mein Zimmer, und verhüten, daß keine Gewalt gebraucht wird. Ich werd' ihnen den Schlüssel dazu geben.

von Helm.

Den Augenblick will ich sie aufsuchen, und ihre Entfernung zu beschleunigen, mich bemühen.

(Beede gehen ab. Helm auf einer, Fr. von Palmheim auf der andern Seite.)

Fünfter Aufzug.

Erster Auftritt.

Palmheim. Kronwill. Helm.

Palmheim (zu Helme.)

Ihre Miene sagt mir schon alles Grauenvolle ihrer unglücklichen Verrichtung.

(Helm zuckt die Achseln.)

Kronwill.

Diß hätten sie vorhin wissen können. Was ließ sich von einer äusserst aufgebrachten Frau sonst erwarten?

von Helm.

Auf den Knien lag' ich vor ihr, wollte sie nicht verlassen, bis sie mir nur eine genauere Untersuchung bewilligen würde. Aber ihre ganze Antwort war ein höhnisches Gelächter. Endlich wieß sie mir Charlottens von Kronwilln erhaltenen Ring: Sehen sie! ich darf ihn nicht lange suchen, um ihn dem Verführer zurückzugeben.

Palmheim.

Blut möcht' ich über die Kränkung meines Besten weinen, da ich gegen die Urheberin nicht — Gott! wann es eine andere Person, als meine Mutter wäre! Kronwill! theurer Kronwill! Es ist ein Gott, der
alles

alles sieht, der ihre Unschuld, ihre Rechtschaffenheit kennt, dessen Gerechtigkeit sie belohnen muß.

(Kronwill hört ihn nicht an, und spricht mit Helm.)

Kronwill.

War dann auch Charlotte noch immer so fürchter-lich gegen mich aufgebracht, wie ich vorhin von ihrem Bruder hörte?

von Helm.

Erlauben sie mir davon ganz zu schweigen.

Kronwill.

Spahren sie ihr Mitleiden! Ich erwarte den letzten Streich!

von Helm.

Die Treulose hat sie aufs Schändlichste hintergangen. Der Pinsel, sagte sie: war vorhin meine Puppe, nun ist er der Gegenstand meines vollen Hasses. Palmheim steht in keinem besseren Credit bey ihr. Sie will von keinem nichts sehen oder hören, ja sie ersuchte ihre Mutter, die Thüre immer verschlossen zu halten, und sobald als möglich abzureissen.

Kronwill.

Verfluchte Falschheit! — Nie würd' ichs glauben, wann nicht alles so genau mit Palmheims Nachrichten übereinstimmte. Helm! wie treffend urtheilten sie über diß vermaledeyte Geschlecht.

von Helm.

Leider muß' ich es ihnen voraus sagen. Meine eigene traurige Erfahrung hatte mich klug gemacht.

Kronwill.

Nun so will ich denn auch allen Evenstöchtern, von ihrer verführenden Mutter an, bis auf den kaum gebohrnen weiblichen Säugling verfluchen. Palmheim! weinen sie keine Thräne mehr um Sophien! auch diese gehöret darunter. Sie haben nichts als eine Heuchlerin verlohren.

Palmheim.

Sind sie von Sinnen?

von Helm.

(Vor sich) Wann nur die Alte in dem Augenblick käme! gerade wär' er in der erwünschten Lage, sie noch mehr in Harnisch zu jagen. O da kommt sie ja wie gerufen!

Zweyter Auftritt.

Die Vorigen. Frau von Palmheim.

(Helm schleicht sich der Abrede gemäß weg, so bald ihm Fr. von Palmheim, während ihrer Anrede, den Schlüssel heimlich giebt.)

Fr. von Palmheim.

Herr von Helm nehmen sie sich in Acht, daß sie von Narren und Betrügern nicht auch angesteckt werden!

Krons

Kronwill.

Wären sie in meinen Augen nicht unter alle Verachtung herab gesunken, so sollten sie — Allein ich denke zu großmüthig.

Fr. von Palmheim.

Hah! Großmüthig, und zugleich bis zur Verrätherey eigennützig! Wie doch ihre Geißfüße unter dem Lichtgewand hervorgucken!

Kronwill.

Sie sollten fühlen, was es heißt, die Ehre eines rechtschaffenen Mannes mit der niederträchtigsten Verleumdung zu beflecken.

Fr. von Palmheim.

Ey! Ey! Ey! Sie ein Mann von Ehre — Kartusch war wohl auch ein Mann von Ehre!

Palmheim.

Fr. von Palmheim! — So kann meine Mutter nicht sprechen — Wie schändlich entehren sie ihren Stand durch pöbelhafte Schimpfworte.

(Sie fällt ihm hastig in das Wort.)

Fr. von Palmheim.

Elender! Willt du noch immer den vertheidigen, der dich zum Narren gemacht hat?

Palmheim.

(Will ihr die Hand küssen.) Ach meine Mutter!

Fr. von Palmheim.

Zurück, Unsinniger!

Palmheim.

Nur noch auf eine Minute ihr Herz — ihre Liebe — Kronwill ist unwissend mit mir —

Dritter Auftritt.

Die Vorigen.

Sophie stürzt schnell mit Johann ins Zimmer, und fällt Palmheim um den Hals.

Sophie.

Meinen Wilhelm wieder —

Johann.

(Fällt vor Palmheim auf die Knie.) Gnade! Gnade!

Palmheim.

(Bebend) Ihr seyd —

Sophie.

O mein Wilhelm — deine Sophie lebt noch.

Palmheim.

(Zittert noch immer.) Ich fühl' — ihre feurige Küsse — ihr klopfendes Herz —

Johann.

O ja — sie lebt — sie lebt — Gnade — Erbarmen!

Palmheim.

Gott! meine Sophie —

(Er sinkt auf einen Sessel nieder.)

Sophie.

Sophie.

(Umarmt ihren Gemahl) Ach Wilhelm! Bester Gemahl — wie unaussprechlich liebst du mich — Die Freude benimmt dir die Sprache — theuerster unendlich Geliebter!

Kronwill.

Welch rührende Scene! himmlische Wonne ströhmet in meine Seele — was müssen sie selbst fühlen —

Johann.

Für diesen seeligen Augenblick will ich gern sterben.

Fr. von Palmheim.

Bin ich unter Lebendigen oder Todten —

Sophie.

(Umarmt ihre Schwiegermutter, und dann Kronwilln.) O meine theuerste Frau Mutter! Freund meines Palmheims! theilen sie mein Wonne Gefühl mit mir —

Palmheim.

Nun hat mir der Himmel wieder gegeben, was er mir geben konnte — Sophie in meinen Armen —

Sophie.

Deine vom Gram verzehrte Gestalt giebt mir fürchterliche Beweise deiner Zärtlichkeit. Aber Thränen der Freude sollen auf deine blasse Wangen den Frühling zurückrufen.

Palmheim.

Herrliche Sophie! Dein sanftes Herz wird mir eine nie versiegende Quelle himmlischer Wollust seyn.

Sag

Sag mir nur, welche mächtige Engelshand erhielt dich — brachte dich wieder zu mir? Johann bist du es — Komm ich muß dich umarmen!

Johann.

Ach gnädiger Herr! Erbarmen — nur eine kurze Zeit zur Buse!

Fr. von Palmheim.

Was für ein Geheimniß mag hierunter stecken?

Sophie.

Wilhelm! Vergieb ihm um meinetwillen! Sein Herz wurde verführt.

Palmheim.

Wie — er war ein Gehülfe einer verruchten Boßheit — (zuckt den Degen.)

Sophie.

(Fällt ihm in den Arm.) Bester Gemahl! Stöhr' unsere unaussprechbare Freude nicht durch eine rasche That. Vergissest du, daß er mein Retter ist?

Palmheim.

Vielleicht auch dein Räuber! — und dann —

Sophie.

(Zu Palmheimen) Liebst du mich noch, so höre die Stimme des Mitleidens — nicht das Brüllen der Rache.

Johann.

Ach! Gott nimmt ja den zuruckkehrenden Sünder wieder an — wollen sie unerbittlicher seyn?

Palm=

Palmheim.

(Beschämt) Steh' auf, Johann! Ich vergebe dir mit Freuden.

Johann.

(Steht auf) Ich bitte nicht um mein Leben — Meine Gewissensbisse machen es zur Folter — nur um Zeit zur Busse. Ich wurd' im Trunk verführt, ein Verbrecher, der vor sich selbst flohe, rannte vor einer halben Stunde hier weg, und wollte nach Jerusalem wallfahrten. Aber gerade vor dem Stadtthor fiel mir das Schloß, worinnen ihre Gemahlin eingesperrt war, vor die Augen. Die rechtschaffene Frau ist ohne Rettung hin, wann du dich aus dem Staub machst. Befreye sie und erwarte dein Schicksal! diß Werk ist noch nützlicher, als alle freywillige Spaziergänge, also auch besser. So dacht' ich, und wie ein Blitz eilt' ich ihrem Gefängniß zu. Ihr Aufseher wußte, daß ich zu Helms Bande gehörte — daß Helm hier ist. Da war mir es leicht, sie unter einem erdichteten Vorwand zu befreyen.

Palmheim.

(Voll Erstaunen) Helm!

Kronwill.

Verdammter Heuchler!

Fr. von Palmheim.

Der sich nicht scheut unter uns herum zu schleichen, uns alle unglücklich machen wollte — mich schon zur unge-

ungerechten Mutter — zu einer undankbaren Freundin gemacht hat. — Ich schäme mich vor mir selbst.

Palmheim.

Kaum kann ich mich enthalten, daß ich ihn nicht auf der Stelle auffuche, und — Wo ist er?

Sophie.

Langsam, mein Liebster! öffentliche Beschämung soll ihm zuerst den Tod wünschenswerth machen, aber eben diesen Wunsch nicht gewähren. Vielleicht können wir ihn noch bessern.

Fr. von Palmheim.

Helms Boßheit ist aller dieser Empfindungen unfähig.

Johann.

Ja, er ist der schlimmste Mensch, den ich auf Gottes Erde kennen lernte. Anfänglich schmeichelt' er mir mit Geschenken, und machte sich meine Neigung zum Wein zu nutze. So oft ich betrunken war, macht' er mir alle Religion und Gesetze lächerlich, und brachte mir sein eigenes Gesetz: Thu, was du willt, nur hüte dich, daß du dem Henker nicht unter die Hand kommst: unvermerkt bey. Endlich erdeckt' er mir sein abscheuliches Vorhaben, worüber ich im Anfang zurückschauderte, aber bald durch Geschenke und große Versprechungen sein elender Sclav wurde. Von nun an kam täglich zu einer bestimmten Stunde, der alte Bediente, welcher (zu Sophien) sie auf seinem Schloß bisher

bisher bewachte, hinter die große Gartenmauer, um Nachrichten von mir zu holen. Das ganze scheußliche Vorhaben wurde pünktlich verabredet, die unglückliche Nacht brach ein, um Mitternacht hielt eine Kutsche nicht weit von dem hintern Schloßthor, ich erschreckte Sophien mit der plötzlichen Nachricht, daß sie in den letzten Zügen lägen, um sie in der Verwirrung bis in die Kutsche zu bringen. Und alles gieng, leider, nach seinem verfluchten Wunsch so ungehindert von statten, daß ich, unentdeckt, in das Zimmer ihrer Gemahlinn zurückkehren, Feuer darinnen anlegen, und dadurch alles Nachspühren, allen Argwohn verhindern konnte.

Fr. von Palmheim.

(zu Sophie) Und wie gieng es ihnen meine Theure?

Sophie.

Ich stürzte auf die fürchterliche Nachricht schnell zur Thüre heraus, und fiel einer Person in die Arme, die mich (vor Schrecken bemerkt' ich kaum, was geschahe) betäubt bis an eine Kutsche schleppte. Darinnen ward ich ohnmächtig, und befand mich beym Erwachen in einer abgelegenen vergitterten Kammer. Helms Besuche, die er oft genug wiederholte, machten mir diesen Kerker zur Hölle. Sie können selbst denken, wie ich ihn immer empfieng. Endlich aber droht' er mir mit Gewalt, und gab mir unter den gräßlichsten Schwüren zweymal Bedenkzeit, nach deren Verfluß ich entweder freywillig oder gezwungen das Opfer sei-

ner

ner viehischen Lüste werden sollte. Morgen gieng die letzte zu End, und schon hatt' ich auf Mittel gesonnen, mich in der äussersten Noth durch den Tod zu befreyen. Aber die für die Unschuld wachende Gottheit erlösete mich noch zu rechter Zeit aus seinen Händen.

Palmheim.

Dank sey dir, ewige Vorsehung! daß du mir den reinen Engel erhalten — wieder gegeben hast. Deine Wege, die Tugend zu prüfen, sind dunkel, aber auch allmächtig dein Schutz.

Johann.

Sie wissen das Aergste lange noch nicht. Kaum hatt' er durch mich von ihrem heutigen Vorhaben Nachricht, so faßt' er den teuflischen Entschluß: Kronwilln für ihren Verführer anzugeben, und Charlotten, oder vielmehr ihre große Güter, selbst zu heirathen. Ihre Gemahlinn aber, wollt' er wegen ihres Eigensinns (so nannte seine Bosheit ihre unerschütterliche Tugend) aus der Welt schaffen.

Palmheim.

Mein Blut starrt in den Adern bey diesen höllischen Entwürfen. Zum Glück war das Werkzeug seiner Bosheit nicht so ganz Teufel, wie er selbst. Deine wiedererwachte Redlichkeit soll nicht nur Vergebung — Belohnung erhalten.

Sophie.

Ja wir können ihm in Zukunft unser ganzes Vertrauen

trauen wieder schenken. Ein Mensch, der freywillig die Bahn des Lasters verläßt, wann es ihn noch immer belohnt — der sich selbst anklagt, hat noch ein im Grunde gutes Herz, das bloß durch Verführung schlecht handelte. Nie wird er den Pfad der Boßheit wieder betretten, dann die Reue begleitet ihn unzertrennbar, und sein verwundetes Gewissen wird beym Anblick eines jeglichen Lasters aufs neue bluten.

Palmheim.

Johann! du sollt deine alte Tage ruhig bey mir beschliessen.

Johann (weint.)

Ach sie erweisen mir bösen Menschen zu viele Gnade. Guter Gott! Ich weiß nicht, wie mir es um das Herz wird. Könnt' ichs ihnen nur sagen.

Sophie.

Sey zufrieden, deine Thränen sagen uns alles.

(Er küßt Beyden die Hände.)

Fr. von Palmheim.

(zu Kronwill) Rechtschaffener Mann! können sie mir auch verzeihen? — kaum wag' ichs sie anzusehen.

Kronwill.

Sie beleidigten mich irrend. Alle Schuld fällt auf den Betrüger. Aber Charlotte — Ach! das werd' ich nie vergessen.

Fr. von Palmheim.

Sie mögen von ihr gehört haben, was sie wollen —

auch

auch sie wurden betrogen. Lotte liebt sie nicht weniger standhaft, als Sophie meinen Wilhem. Ach hätt' ich ihr geglaubt! wie viel kränkenden Vorwürfen wär' ich entgangen! Sie schilderte mir Helmens Caracter vollkommen so, wie wir ihn jetzo kennen. Ich aber hielt alles für blose Erdichtung ihrer Liebe gegen sie, wollt' ihr den Bösewicht mit Gewalt zum Gemahl aufdringen. Sie bebte bey dieser Erklärung zurück, und schwur ihnen, mir ins Gesicht, ewige Treue.

Palmheim.

Nun fällt mir erst bey, daß ich keinen Namen gehört hatte, als ich vorhin mit Gewalt in ihr Zimmer wollte.

Fr. von Palmheim.

Da sprach sie eben in der größten Heftigkeit von dem schändlichen Helm.

Fronwill.

O! so muß ich sie eilends aus ihrer Angst befreyen.
(will fort.)

Fr. von Palmheim.

Bleiben sie noch ein wenig. Helm ist auf meinen Befehl in meinem Vorzimmer, und bewacht Charlotten in dem daran stossenden. Lassen sie ihn noch. Wir wollen ihn hier offentlich beschämen — Sophie! sie verbergen sich mit Johann hinter diese Gardinen, bis ich ihnen durch Husten ein Zeichen gebe hervor zu tretten. Ich will Helmen den Augenblick hieher schicken. Du mein Sohn beharrest vor ihm auf deinem Entschluß,

ſchluß, und ſie Kronwill entſchlieſſen ſich, aus Haß gegen die ungerechte Welt, Palmheimen im Kloſter Geſellſchaft zu leiſten. Beede übergeben dem Böſewicht ihre Güter. Unterdeſſen bereit' ich Charlotten zu allem vor, komm mit ihr dazu, ſie nimmt Helmen mit Vergnügen von meiner Hand an, und ſie umarmen ihn zum Abſchied. Dann tritt Sophie mit Johann hervor, und ſie halten ihn feſt, bis man Anſtalt zu ſeiner Verwahrung macht. So wird Betrug mit Betrug auf der Stelle geſtraft werden, und die triumphirende Freude des Laſters in einen raſenden Schmerz übergehen.

Johann.

Brauchen ſie nur Vorſicht! Helm iſt zu allem fähig.

Sophie.

(zu Palmheim) Wie ſchwer fällt mir es, mich nur einige Minuten von dir zu trennen!

Palmheim.

Und ich werde Mühe haben, mich zu verſtellen.

Kronwill.

Laſſen ſie es immer ſo gehen. Er wird alſo empfindlicher geſtraft.

Sophie.

(Bey Seit) Und vielleicht gebeſſert.

Palmheim.

(Umarmt Sophie) So gehe dann meine Theuerſte!

Sophie.

Nehmen ſie ſich für ſeiner Wuth in acht!

(Geht mit Johann hinter die Gardinen.)

Kronwill.

Nun schicken sie ihn zu uns.

Fr. von Palmheim.

Ich will ihm sagen, daß sie Abschied von ihm nehmen wollen.

(Geht ab.)

Vierter Auftritt.

Palmheim. Kronwill.

Palmheim.

(Umarmt Kronwill) Bester Freund! ich habe sie sehr beleidigt. Nun seh' ich meine Schwärmerey ein, worein mich mein betäubender Schmerz gestürzt hatte.

Kronwill.

Dem Himmel sey Dank! daß wir uns wieder erkennen. Unser ausgestandener Kummer wird uns desto fester vereinigen, das Band der Freundschaft unauflößlich knüpfen. Fassen sie sich jetzo nur, damit wir mit gehöriger Vorsicht den Verwegenen in die Falle locken, damit kein Blut vergossen wird. Ich will ihn umarmen, und sie entwafnen das Ungeheuer.

Palmheim.

Ich wollt' ihn herzlich gern entlaufen lassen, wann man nur von einem Mordbrenner und Mörder, der noch dazu so ein feiner Heuchler ist, nicht neue Teufeleyen besorgen müßte. Aber sein Gewissen liegt in einem Todesschlaf, aus dem es in diesem Leben schwer schwerlich erwachen wird. Ein Mensch ohne Religion — was sag' ich; ohne alle natürliche Rechtschaffenheit —

Kronwill.

St! Da kommt er.

Fünfter Auftritt.

Die Vorigen. Helm.

von Helm.

Sie wollen also dem dringenden Bitten ihrer Frau Mutter kein Gehör geben, und ihrer, verzeihen sie! vielleicht überspannten Frömmigkeit folgen?

Palmheim.

So erscheint sie nur denenjenigen, die nicht meine ganze Seele, folglich auch den Umfang aller meiner Pflichten nicht genau kennen. Kronwill tritt jetzo selbst auf meine Seite, und wird mit mir in einer Viertelstunde diese verdorbene Welt verlassen.

von Helm.

(Bey Seite) O wie herrlich!

Kronwill.

Wir müssen eine Ewigkeit diesem kurzen Leben vorziehen, darinnen wir so viel Böses thun.

von Helm.

Wovon an jenem Tag strenge Rechenschaft gefodert wird.

Palm-

Palmheim.

Ja wohl eine Welt, in welcher menschliche Ungeheuer unter ihren Brüdern wüthen.

von Helm.

(seufzt) Leider!

Kronwill.

Wo das Laster seine giftige Pfeile gegen Unschuld und Redlichkeit schärft.

Palmheim.

Und die verruchteste Bosheit sich in das Kleid der Religion einhüllt.

von Helm.

Ach! sie entlocken mir eine heiße Thräne, über die so erschrecklich entstellte Menschheit.

Palmheim.

Beynahe sollt' ich mir schmeichlen, daß auch sie nun unsere Entschliessung billigen.

von Helm.

In so fern freylich, da die Menge der Lasterhaften nicht verdient, daß wahre Menschen unter ihnen wandeln — Aber eine alte Mutter, eine zärtliche Schwester — eine Geliebte verlassen — diß scheint mir doch ein wenig zu strenge.

Palmheim.

Für diß alles ist gesorgt. Sie sollen Beeden, den Sohn, den Bruder, den Gemahl ersetzen. Sie können es, wann sie nur in meine Vorschläge willigen.

von

von Helm.

Vielleicht denken sie vortheilhafter von mir, als ichs verdiene.

Palmheim..

Nein! Meine Mutter und Johann zeigten sie mir in ihrer wahren Gröse. Ach! warum kannt' ich sie nicht früher genau.

Kronwill.

Ja sie sind ein ganz ausserordentlicher Mann.. Wären alle so, wir hätten zuverläßig eine ganz andere Welt.

von Helm.

(Bey Seit) Alles wirkt über mein Vermuthen. (laut) Möcht' ich nur all' ihre gütige Lobsprüche verdienen!

Palmheim.

Sie verdienen noch weit mehr. Sie zeichnen sich vor allen Menschen auf eine so ausnehmende Art aus, daß es nun bloß darauf ankommt: Ob sie meine Vorschläge billigen?

von Helm.

Wann es nur das mindeste zu ihrer beiderseitigen Zufriedenheit beyträgt, so heißt mich Menschenliebe und Freundschaft in alles willigen.

Kronwill.

Ja sie verpflichten uns Beyde zugleich. Sanfte Rache wird mirs seyn, wann ich das betrügliche Vorurtheil der sonst verehrungswürdigen Mutter meines

nes Palmheims durch augenscheinliche uneigennützige Großmuth zernichten kann.

von Helm.

Fürtrefliche Freunde! Sprechen! — befehlen sie — Mein ganzes Herz steht ihnen offen. Schon lange schmerzte es mich in der Seele, daß meine Bemühungen bisher so wenig zu ihrem Vergnügen ausrichten konnten.

Palmheim.

Ich habe sie mit Kronwills Einwilligung zum Gemahl meiner Schwester bestimmt. Sie selbst werden keine Einwendung gegen diese unverbesserliche Wahl machen, und meine Mutter wünscht nichts sehnlicher.

von Helm.

Ich erstaune über diesen Antrag.

Palmheim.

Verwundern sie sich nicht! Kronwill ist von Charlotten äusserst beleidigt — weiß, daß sie nie eine wahre Neigung für ihn fühlte, ihn bloß nach der Mode der galanten Welt unterhalten hat. Seine festere Gesinnungen verabscheuen diese Verstellung, die freylich auch für sie nicht vollkommen reitzend seyn kann. Allein ich denke: Die Jugend meiner Schwester verdien' einige Nachsicht, vorzüglich von denen, die sie nie beleidigt hat. Und einer muß doch der Mann seyn, dem sie ihre Zärtlichkeit wirklich schenkt, womit sie Kronwilln nur schmeichelte. Ihren Verdiensten kann es

nicht

nicht fehlen, sie werden das glücklichste Paar werden.

von Helm.

Ich weiß kaum, was ich hierauf antworten soll.

Kronwill.

(Bey Seit) Sein inneres Frohlocken macht ihn ganz verwirrt.

Palmheim.

Die beträchtliche Erbschaft meiner Güter, würde zwar manchen andern hinlänglich befriedigen. Da sie aber auf diese Kleinigkeiten nicht sehen, so weiß ich, ihre äussere gute Bildung, ihr im Grund edles Herz, das bisher nur noch keinen mit ihm sympathesirenden Gegenstand fande, wird für sie alles seyn.

Kronwill.

Wär' auch mir alles gewesen, wann ich nicht das Unglück gehabt hätte —

von Helm (fällt schnell ein.)

Trösten sie sich Edler! zwey gleich gute Menschen können sich hochachten, und doch nicht bis zur ehelichen Verbindung lieben.

Kronwill.

Ich erfahr' es. Nie werd' ich Charlotten ganz vergessen. Aber ich will kein Bösewicht seyn, der sich ihr aufdringt — sie unglücklich macht. Sie soll ruhig werden. Ich will sie zum Beweiß meiner uneigennützigen Liebe zu meiner Erbin einsetzen, da ich im Closter doch wenig oder nichts nöthig habe.

von

von Helm.

Welch ein Edelmuth!

Palmheim.

Sie wollen also mein Bruder werden?

von Helm.

Ja, sie zu beruhigen, versprech' ich das Fräulein nach und nach zu prüfen, und dann, wann unsere Herzen einstimmend fühlen, ihren Wunsch mit Entzücken zu erfüllen. Ausser diesem aber behüte mich der Himmel! Auch ich will niemand unglücklich machen.

Palmheim.

Schon genug! Ich weiß von meiner Mutter, daß meine Schwester sie schon lange heimlich liebt, daß sie ihr endlich diese Liebe eingestanden hat. Ich will sogleich Beyde herbeyrufen, Charlotten mit allem in ihre Arme liefern. Alsdann kann ich erst ruhig der Welt absterben. (Will fortgehen, allein Helm hält ihn erschrocken auf.)

von Helm.

Bleiben sie! bleiben sie! Ich will — ich kann — ich werde —

Palmheim.

Lassen sie mich! Es wird meine letzte Freud' in der Welt seyn, sie glücklich an ihrer Seite zu sehen.

von Helm.

Erspahren sie doch ihrer Zärtlichkeit das Erröthen.

Kronwill.

Mein Palmheim! holen sie Beede herbey, damit ich ihnen

ihnen noch mündlich meine uneigennützige Liebe zeigen kann.

von Helm.

Ich bitte, bleiben sie! Ich will ihnen alles erzehlen, und —

Palmheim.

Hier kommen sie ja wie gerufen.

von Helm.

(Bey Seit) Das ist ein Teufelsstreich, daß die Alte so unbehutsam ist.

Kronwill.

(Bey Seit) Hah! wie der Tyger in seinem Netze zittert!

Sechster Auftritt.

Die Vorigen. Fr. von Palmheim. Charlotte.

Fr. von Palmheim.

(Führt Charlotte dem Hr. von Helm zu.) Würdiger Mann! Hier bring' ich ihnen ihre Braut, wann sie anderst ihr Versprechen nicht reut. Kronwill tratt sie ihnen vorhin in meiner Gegenwart freywillig ab. Mein Sohn freut sich darüber, ich wünscht' es längst, und meine Tochter erkennt nun selbst den unendlichen Unterschied zwischen dem Heuchler und dem Rechtschaffenen.

Charlotte.

Ja, ich verfluche jenen von ganzem Herzen, und bete diesen an.

von Helm.

Ists möglich Fräulein! daß ich auf einmal so glücklich worden? Welcher Heilige hat ihr Herz für mich gerührt?

Charlotte.

Der allwissende und allmächtige Beschützer der Unschuld.

Palmheim.

Sie ist die Ihrige mit allen meinen Gütern.

Kronwill.

Und von den Meinigen ist sie Erbin, noch eh' ich ins Kloster gehe.

von Helm.

Freunde! Brüder! Diß ist zuviel Glück auf einmal, das zärtliche Herz meiner Geliebten ist mir alles. Nehmen sie doch das übrige wenigstens so lange zurück, als ihnen der Himmel das Leben schenket!

Fr. von Palmheim.

Was für ein zärtlicher (bey Seit) Bösewicht!

von Helm.

Verzeihen sie mir, theuerste Freunde! Mein Entzücken raubt mir alle Ausdrücke, womit ich ihnen meinen wärmsten Dank — meine Liebe schildern möchte. Ach Fräulein! kaum kann ein Seeliger glücklicher seyn, als ich in ihren Armen seyn werde.

Palm-

Palmheim (umarmt Helmen.)

Nun ist mein letzter Wunsch erfüllt! Ruhig eil' ich meiner Einsamkeit zu, sie beste Mutter haben mir vergeben, und du liebe Charlotte! vergiß nie deinen zärtlichen Bruder! — Kommen sie Kronwill!

Kronwill (umarmt Helmen.)

Leben sie wohl, Glücklicher!

Siebenter Auftritt.

Die Vorigen.

Fr. von Palmheim hustet, und Sophie kommt mit Johann hinter den Gardinen des Alkoven hervor. Helm erblickt sie, will sich loßreissen, wird aber von Kronwill und Johann fest gehalten. Palmheim nimmt ihm den Degen.

Kronwill.

Wohin! Du Abschaum der Hölle?

(Helm knirscht mit den Zähnen.)

Palmheim.

Geile Creatur! Nun kühle deine viehische Lüste.

Sophie.

Spotten sie noch über den rächend allmächtigen Retter der Unschuld?

Palmheim.

Der das Laster zuweilen bis an den Triumphwagen kommen läßt, indem es ihn aber hohnlächlend besteigen will, es mit seinem Donner zerschmettert.

von Helm (voll Verzweiflung.)

Wann er es kann, warum zertrümmert er mich nicht in diesem verfluchten Augenblick — Verrätherische Hunde! werft mich gleich auf den Scheiterhaufen, auf den mich eure dumme Gesetze ohnehin verurtheilen werden — sauft mein Blut, und sättigt eure fromme Rachbegierde — Ich lach' über alles, wann ich nur euch Narren nicht lange vor Augen haben, nicht lange den Spott der Pinsel ausstehen muß.

(Er greift nach Kronwills Hirschfänger.)

Fr. von Palmheim.

Johann! hol' schleunig die nahe Wache, damit wir den Rasenden in Verwahrung bringen.

(Johann geht eilend ab.)

Sophie.

Wollen sie mir alle, da ich am härtesten von ihm beleidigt wurde, erlauben, auf der Stelle vorläufig sein Urtheil zu sprechen, worauf wir ihn anklagen wollen?

Alle.

Ja!

Sophie.

So soll ihm vergeben seyn. Das mächtige Beyspiel der Tugend, bessert den Lasterhaften weit sicherer, als die fürchterlichsten Strafen. Wie belohnend wär' es für alle unsere ausgestandene Leiden, wann wir der himmlischen Tugend einen neuen unerwarteten Verehrer dadurch erworben hätten. Wann er, gerührt von un-

unserem Glück, einsähe, welche göttliche Freuden das
Laster entbehren muß.

Palmheim.

Edle Seele! Dank, heisser Dank für deine herrliche
Zurechtweisung. Helm! sollt' ihnen das hohe Glück
dieses Engels, ihres Schutzengels, nicht den Wunsch
abdrängen: Ihrer Tugend ähnlich zu werden? Ent-
schliessen sie sich! von diesem Entschluß hängt ihr Leben und Freyheit ab.

von Helm.

Eine herrliche Freyheit, wann man einem beyde
Hände hält. Fürchten sich dann zwey bewafnete
Männer vor einem Wehrlosen? Lassen sie mir wenigstens nur eine Hand frey, damit ich mir den Schweiß
abwischen kann. Freye Entschlüsse erfodern Freyheit.
Diß wird mir wenigstens einiges Zutrauen auf ihre
schmeichelhafte Versprechungen einflössen. Ausreissen
kann und will ich nicht, dann ich habe ja mit Leuten
zu thun, die ihr Wort besser halten, als ich, die keine
Helme sind.

Palmheim.

Lassen sie ihn loß, Kronwill!

Fr. von Palmheim.

Traut ihm nicht, Kinder! Er ist ein Heuchler sonder gleichen.

von

von Helm.

(Fährt mit der Hand in die Westentasche, indem er sich mit der andern den Schweiß abtrocknet, laugt das Giftkügelgen, wirfts vor allen in den Mund, und verschluckts.)

Nun ihr ohnmächtigen Hunde laßt euch ferner träumen, daß ihr mich bezwingen könnt. Nun lach' ich über eure Schwärmerey und Wache. In wenig Minuten ist alles mit mir aus. Ich kenne die Wirkung dieser herrlichen Pille zu gut an andern, als daß ich jetzo noch etwas fürchten sollte. Oder können vielleicht eure Soldaten auch meinen Athem bewachen, daß er nicht ausfährt, daß Gift aus meinem Körper herausjagen, welches mich allen Milzsüchtigen entreißt.

Palmheim.

Gott! Was haben sie gethan? Wir wollten nicht ihren Tod, nicht ihre Strafe — nur ihre Besserung.

von Helm.

Hah! Ihr Dummköpfe! Euch sollt' ich ähnlich werden. Lernt von mir als Männer denken; um wirkliche nicht eingebildete Güter kämpfen, und wann alles umsonst ist — wie Hannibal sterben!

(Johann kommt mit der Wache.)

Palmheim.

Bringt ihn schnell in ein anderes Zimmer, und holt plötzlich einen Arzt. Er hat sich vergiftet.

(Die

(Die Wache führt Helmen in ein anderes Zimmer, und Johann lauft nach einem Arzt.)

Kronwill.

Gott! wie stieg der Ruchlose von Stufe zu Stufe auf den Gipfel aller Verbrechen! Ich will ihm nachgehen, und ihn wo möglich retten helfen.

(Geht ab.)

Achter Auftritt.

Fr. von Palmheim. Charlotte. Sophie. Palmheim. Johann. Kronwill.

Johann.

Der gerade gegenüber wohnende Arzt ist vor einer Stunde aus der Stadt geritten. (keuchend) Was ist anzufangen?

Alle.

Hol' einen andern.

Johann.

Der wohnt am Ende der Stadt, eine Viertelstunde von hier, doch wann ich mich auch halb tod laufen müßte.

(rennt fort.)

Kronwill.

Ist noch kein Arzt da? Wie ich kam, stieß er die fürchterlichsten Gotteslästerungen aus, und nun liegt er ohne Sinnen in den schröcklichsten Verzuckungen.

Palm-

Palmheim.

Ach nein! der benachbarte ist ausgeritten, und der andere kann vor einer Viertelstunde unmöglich hier seyn.

Kronwill.

So ist er ohne Rettung hin.

Ein Soldat von der Wache.

Eben ist der Herr, den wir bewachen sollten, gestorben.

Palmheim.

Himmel! Welch ein fürchterliches Ende des Ruchlosen — des Heuchlers!

Fr. von Palmheim.

Kinder! Nie müß' euch, wie mich, eine Zeitlang der Schein blenden. Hütet euch, Kronwills für Heuchler, Helme für Priester der Rechtschaffenheit zu halten! Kommt! wir wollen den unglücklichen Ort verlassen, und den heutigen Tag, so lang wir leben, der rettend und rächenden Vorsehung heiligen.

Der Vorhang fällt zu.

Speyer, gedruckt mit Enderesischen Schriften.